Renda-se, como eu me rendi. Mergulhe no que você não conhece como eu mergulhei. Não se preocupe em entender, viver ultrapassa qualquer entendimento.

- Clarice Lispector

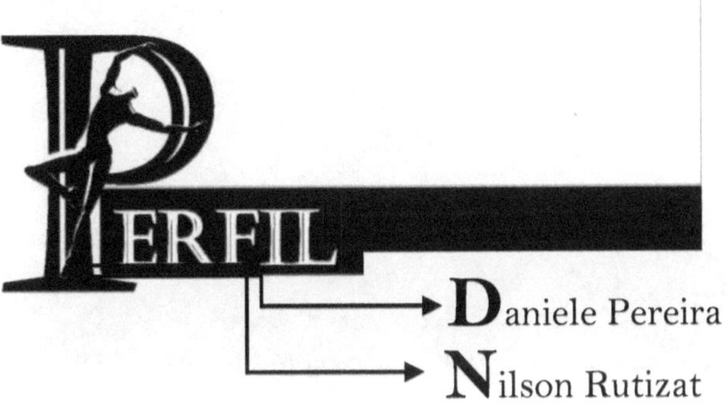

1ª Edição

2020
Sousa/PB

Capa
Nilson Rutizat

Revisão
Nair Pereira

Diagramação
Nilson Rutizat

Dados internacionais de catalogação na publicação (CIP)

R977p

Rutizat, Nilson — 1989 –

Perfil; Nilson Rutizat, Daniele Pereira; Independente — Sousa/PB – 1ª ed.; 2020
165 p.; a5

ISBN: 978-65-86507-02-7

1. Contos.   2. Literatura Brasileira.
I. Título.

CDD: B869.3

Obra de ficção

Perfil

Contos

Publicação Independente
Daniele Pereira / Nilson Rutizat

Dedicatória

A Mainha, minha grande inspiração e a Bia, minha leitora número 1. Dedico-lhes com amor e carinho.

Daniele Pereira

Dedicatória

Dedico esse livro a minha família, pais e irmãos, o que de mais valioso tenho na vida.

Nilson Rutizat

SUMÁRIO

APRESENTAÇÃO

Os Autores

Estamos a cada dia mais familiarizados com a internet. E já não estranhamos em sermos convidados a acessar o perfil de uma pessoa, empresa ou organização. Isso é tão comum que até desconfiamos das empresas que não têm perfil em uma rede social. Mas não falamos isso em tom de crítica, citamos apenas como exemplo de uma mudança de comportamento e organização da sociedade no século XXI.

Quer pegar um carro, chama um UBER. Se é comida o que queres, peça no IFOOD. Se quer conhecer alguém, siga-o no Instagram. Quer bater um papo, chame a pessoa no WhatsApp. E nem se atreva a comprar CD. Se quer ouvir música, escolha uma plataforma de streaming: Spotify, Youtube... e onde ver filmes? Netflix, Youtube, Amazon, Telecine... a maneira de consumir cultura mudou com a internet, o que não é diferente com os livros.

Assim como serviços, filmes e músicas, os livros podem ser comprados e lidos na internet, em sites ou aplicativos. Quem lê com certeza já ouviu falar do Amazon Kindle, Aldiko, Marvin... e muitos outros aplicativos. Dessa maneira, não podemos nos transformar em inimigos da internet. É preciso que a gente se adapte à mudança social trazida pela rede mundial de computadores. Pelo menos nós que não somos da era digital. Para quem já nasceu nessa era, tudo que falei anteriormente é natural.

E foi pensando nesse universo virtual, onde as pessoas divulgam diariamente histórias (stories) que decidimos escrever esse livro de contos, que traz inúmeros perfis, que jamais seriam publicados em redes sociais. O que você verá aqui é o perfil de inúmeras personagens que, por meio de suas histórias, trazem seus medos, anseios e visões de mundo.

E foi por isso que decidimos chamar essa tentativa de livro de PERFIL, pois além do perfil das personagens, é possível perceber também o perfil dos autores. Dessas pessoas que vos falam, que sabem que não são escritores, mas têm muitas histórias para contar. E graças a democracia que é a internet, nós podemos levar até você algumas dessas narrativas.

Não importa se você vai ler essas histórias no e-book, livro impresso, ou em um site na internet. O que importa de verdade, é que você conheça o perfil de cada personagem e que mergulhe no mundo delas. Convidamos você, então, caro leitor, a acessar as nossas personagens, nessa rede de histórias chamada livro, que ousadamente intitulamos de PERFIL.

Bom acesso!
Boa leitura!

E ISSO É AMOR?

Daniele Pereira / Nilson Rutizat

De novo essa conversa? Eu fiz tudo por você. Não sabe ainda que o amor é feito de sacrifício? Se me amas mesmo precisa abrir mão de suas amigas. Não consigo dividir sua atenção, nem seu sorriso, nem suas palavras, nem o seu tempo. Antes você não questionava. Agora, vive com essa conversa de direitos iguais, de dizer que quem ama deixa livre. Não! Eu não aceito. Você é minha e de mais ninguém. Se não me aceita assim não terás o meu amor. Como lhe disse, o amor requer sacrifício. E aí, você me ama?

Como pode requerer de mim tal punição? Não percebes que machuca minha alma ao questionar o meu amor? Provoca-me ao ponto de deixar claro que terei que escolher? Você me deixa nessa angústia constante e trata-me como um objeto, como se eu fosse o seu troféu. Sente ciúmes até da roupa que toca a minha pele, dos olhares que às vezes nem percebo e me pune, como se eu merecesse tal castigo. Antes eu aceitava todos os seus devaneios, não deixava transparecer, porém hoje percebo que quem ama cuida e deixa livre, pois viver da forma que você quer não é amor e sim egoísmo.

Novamente essa conversa. Você se sente a maior vítima da terra. Sente-se como uma rosa colhida no jardim sem água para refrescar suas pétalas. Depois que essas suas amigas apareceram em sua vida, o que ouço de você constantemente é liberdade, liberdade e mais liberdade. Não vê, amor, estamos nos perdendo? Você não aceita mais o seu papel de mulher casada. Lembro-me quando no altar jurou-me fidelidade e disse que estaria ao meu lado, sempre. Mas não te reconheço, sinto que aquela menina não mais existe. Você quer voar e se eu te deixar fazer o que queres, o nosso amor já era. Não percebes que estou cuidando da gente. Escolha o nosso amor. Escolha as nossas regras.

Em momento algum fujo de minhas obrigações, sou fiel a você e ao nosso voto, e minhas amigas não são as culpadas do nosso casamento estar assim, você é o único culpado. Entreguei-me de corpo e alma a esse relacionamento que agora se torna tóxico. Sou sua e sempre serei, mas a menina pela qual você se apaixonou não existe mais, ela cresceu, evoluiu, criou asas e quer voar. Por tantas vezes perdoei sua grosseria, sua forma machista de ver a nossa relação... Não! Não suporto mais viver assim. Se eu escolher "as nossas regras" que são apenas suas, serei prisioneira desse amor que um dia me libertou. Se me amas, se realmente me amas como dizes, escolhes a mim e me deixa fazer o que quero.

Está vendo o que me obriga a fazer? Nunca pensei em tocar assim em você. A culpa é sua! Não sabes que isso não cabe na gente. Estávamos tão bem, mas tinha que trazer para o nosso relacionamento essas teorias feministas. Eu não queria ter feito isso. Mas você me obrigou. Suas atitudes não me deixaram escolha. E a agora, veja como está seu rosto! Eu nunca vou lhe perdoar por ter me feito fazer isso. Nunca queria ter esmagado essa rosa que perfuma meus dias. Eu nunca quis isso. Perdoe-me! Sabe que nos amamos.

Jamais pensei que as mãos suaves que acariciavam meu corpo e que me proporcionaram tanto prazer fossem capazes de provocar tamanho martírio, deixaram marcas. Sinto-me violentada e amargurada como um animal que teve sua pele marcada com as iniciais do seu dono. A fisionomia mudou, estava agressivo, sua voz tornou-se rouca, rancorosa. Rapidamente veio em minha direção, senti pavor, levantou a mão, não tive reação, fui golpeada com tanta força que aos poucos fui perdendo os sentidos. Não pedi que parasse, não pude falar, a voz não saia e a cada "toque violento" o meu eu não queria acreditar. As lágrimas corriam como um rio, puro e reluzente. Caí. Não me lembro do que aconteceu depois. Só sei que acordei na cama. E o pior é que depois do ato, depois de me fazer sentir a pior das criaturas, beijou-me, abraçou-me e dormiu, fazendo parecer que eu era a culpada. Meus olhos doces tornaram-se amargos. Não consigo mais permanecer perto do meu carrasco. Fui avisada de que um dia o desejo de posse, o ciúme obsessivo iria me trazer uma dor insuportável, mas jamais pensei que doeria tanto...

Não suporto! É demais para mim. Meu corpo tem marcas que o tempo fará desaparecer, mas da minha alma jamais, jamais conseguirá apagar. Tenho que tomar uma atitude: Fugir...fugir é a minha solução, com dificuldades tento sair da cama, pego uma bolsa qualquer e um casaco, apenas isso. Tenho que ser rápida, tenho que sair. Fecho a porta, pego as chaves do carro, mas estou nervosa demais para dirigir. Se eu ficar será o meu fim. Eu não posso dirigir, mas posso andar, terei que fugir da forma que eu conseguir, irei para longe, o mais longe que eu puder.

Eu preciso que me escute. Por favor, onde está o delegado? Ela se foi. Seu delegado, ela se foi, a minha amada não está mais aqui. Por favor, prenda-me! Eu juro que eu não queria fazer isso, mas ela estava fugindo e não quis voltar quando gritei pelo seu nome. Então, eu corri até ela e a segurei pelo braço. Ela me olhou de um jeito que nunca tinha me olhado, de um jeito que partiu minha alma. Eu me ajoelhei e pedi que ela ficasse, mas ela só queria fugir. Eu não queria isso, prenda-me! Castigue-me! Eu matei a mulher da minha vida. Eu perfurei seu corpo lindo com aquela faca suja. Ela não se mexe mais. Está morta! Eu não queria isso. O que eu fiz? Eu a amo, seu delegado. Mas agora ela está morta. Minha alma também morreu. Prenda-me, por favor, e não me deixe mais sair. Eu não quero viver no mundo sem ela.

PERDIDO NUM OLHAR PERDIDO

Daniele Pereira / Nilson Rutizat

A primeira vez que eu a vi, ela estava presa num olhar. Foi para mim uma surpresa muito grande ver aquela moça em meio a uma roda de conversa parecer que nada a sua volta importava, salvo o mundo refletido em seus olhos. Encanto, foi o que senti assim que a vi, mas ao fitá-la por um momento, percebi que, na verdade, ela estava precisando de ajuda. Aquela menina estava viajando por mundos que ela mesma não conhecia, e ela, inocente, não sabia que as leis do mundo real não se aplicavam àqueles mundos. O que fazer então para salvá-la?

Propus-me a observá-la... e entender a conexão entre seus mundos tornou-se meu doce vício, qual seria a sua linha tênue? Ela era uma incógnita. Uma conta matemática que precisava de muita atenção e dedicação para chegar a uma possível resolução. Eu a espreitava de tal forma que comecei a entender o seu ar de mistério e os motivos que a faziam evadir-se e viver o doce escapismo que a fuga constante lhe representava. E aos poucos... nossas mentes se conectaram.

E na tentativa de entender seus mundos, acabei me envolvendo e viajando naqueles terrenos desconhecidos. Nos mundos dela que agora eram nossos. E eu a vi mergulhada nas suas lembranças e possibilidades. Para uma mesma situação no mundo real, ela criava incontáveis desfechos. E cada possibilidade me deixava mais envolvido, quis explorar todas elas. Viajei. Experimentei. E não soube como voltar. Agora, estou mais perdido que ela. Uma pena ela não saber que me perdi tentando ajudá-la a se encontrar.

Eu não sei como isso aconteceu. Fui eu quem tentou avisá-la que viajar por meio do olhar era perigoso. A imaginação e as possibilidades são traiçoeiras, pois existem mundos em nossas mentes que nunca devemos conhecer. Há mundos que têm tantos mistérios que o subconsciente se encarrega de escondê-los da gente. O que vi nela foi a teimosia em tentar desenterrar esses mistérios. De longe, percebi o risco que ela corria, e mergulhei profundo naquelas águas sem saber que lá no fundo não tinha oxigênio, não tinha razão. Apenas uma confusão de mundos sobrepostos, e mergulhei cada vez mais fundo. E me perdi.

Minha maior angústia não é eu ter me afogado no subconsciente. Ter me perdido no caminho sem volta. A dor que mais me afoga e que é a minha tortura nesse mundo, nesses mundos, é saber que ela também está perdida. E que seu olhar tão distante ainda atrairá muitos outros homens, que querendo salvá-la se perderão como eu. O olhar dela é um caminho sem volta. Como eu sei disso? Fui pelo seu olhar, mergulhei em seus mundos... E estou perdido na indecisão das possibilidades de sua vida.

MENINOS

Nilson Rutizat

Eram quase vinte e três horas, e toda a vizinhança se encontrava reunida na sala. Alguns estavam no terreiro. Todos os parentes que moravam perto, perto o suficiente para chegar em meia hora a pé, estavam lá, ansiosos. O compadre Isaias andava de um cômodo a outro da casa, sem paciência. Vez ou outra ia até o quarto, onde sua esposa estava em trabalho de parto, levantava a cortina para saber se o filho já havia chegado. A parteira impaciente com a impaciência do pai da criança, mandava-o esperar lá fora. Os gritos e pedidos de socorro de Sandra não o ajudavam a esperar com calma. Sentia ao mesmo tempo a ansiedade para ver o rosto do filho e o medo da esposa morrer no parto.

O choro de Antônio foi ouvido por todos que ali esperavam, exatamente a meia noite e dois minutos. Um choro tão escandaloso quanto o da mãe. Todos comemoraram e compadre Isaias invadiu o quarto. Ao ver o filho ainda sujo de fragmentos do parto, chorou. Tinha um filho, pensou, um filho homem. Não precisava de mais nada para ser feliz. Sentia-se pleno. A parteira olhou para o choro do pai e riu. Em todo aquele tempo ajudando os bebês a virem ao mundo poucas vezes viu choro, principalmente de alegria e raramente de um homem. Ela ficou feliz em ver aquela cena. E seu sorriso dizia claramente que Antônio havia escolhido uma ótima família para nascer.

Ela sabia disso porque conhecia o compadre Isaias desde criança. E o chamava de compadre, lembrou-se, porque na adolescência ele havia prometido que quando tivesse um filho ela e o marido seriam os padrinhos. Desde esse dia, todos de sua casa o chamavam de compadre, inclusive seus filhos. Isaias, com o bebê nos braços, olhou para Maria e apresentou o filho à madrinha. O riso da parteira Maria migrou para os olhos e se transformou em lágrimas. Ela não imaginava que aquele dia chegaria, o momento em que ele concretizaria a promessa. E assim como ele era compadre de todos na casa de Maria, com certeza o menino seria afilhado de todos lá também.

Muitos fogos explodiram no céu, avisando que Antônio acabara de chegar ao mundo. Não era uma família de posses, eram bem humildes os parentes do menino. No entanto, ninguém duvidaria de que ele seria muito feliz. O que faltava em dinheiro naquela família sobrava em união e amor. Aliás, deve-se ter muito cuidado ao se pensar em felicidade. Existem muitas mansões habitadas por pessoas infelizes e muitas choupanas repletas de felicidade. Não se está aqui, caro leitor, associando a felicidade à pobreza, nem tampouco dizendo que pessoas ricas são infelizes. O que se quer mostrar é que a felicidade não se compra, sendo, portanto, encontrada em qualquer família.

O som dos fogos que anunciou a chegada do tão sonhado filho trazia ao compadre Isaias uma felicidade tremenda, e acordava toda vizinhança. Muitos vizinhos aplaudiram, outros disparam tiros de espingarda parabenizando o mais novo pai. Nem todos, porém, ficaram felizes com tamanha barulheira a meia noite. Capote acordou estressado com o barulho, deu dois tapas no filho de dois anos que chorava assustado e o obrigou a voltar a dormir. Diferente de Antônio, Gito não teve ninguém comemorando a sua chegada e, por isso, estranhava o barulho. Gilvana, sua irmã mais velha, de cinco anos, dormia tranquilamente e parecia não se incomodar com as explosões de fogos no céu.

De certa forma, Capote estava certo. Teria que acordar às quatro horas da manhã e fazer comida para os filhos antes de ir para o roçado trabalhar. Mas não era só isso. A comemoração de algum modo lhe incomodava, ele tinha visto nascer dois filhos e não viu ninguém feliz, nem mesmo a mãe das crianças. Ela não gostava das crianças, prova disso foi ter ido embora com o amante quando Gito ainda era um bebê. De certa maneira, ele transferiu o ódio da esposa para os filhos. E apesar de cuidar das crianças, sempre que podia batia nelas e dizia que eram tal como a mãe, que mais cedo ou mais tarde iriam lhe trair, como ela fizera.

Dois meninos. Duas vidas. Duas famílias e duas histórias tão próximas em distância, mas tão distante em experiência. Enquanto Antônio tinha todo o amor de toda sua família e de seus padrinhos, Gito experimentava a amargura e o ódio do pai pela mãe traduzido em espancamentos e xingamentos. Só tinha dois anos de idade e mais de vinte anos de sofrimento. Aliás, têm pessoas que vivem sessenta anos e não sofrem o tanto que ele sofreu sendo ainda um bebê. Quem iria culpar Capote? Estava sem saber o que fazer. E a única coisa que se esforçava para dar aos filhos era comida.

Mal amanheceu, Gito e Gilvana correram para casa do vizinho para saber o que tinha acontecido. Na verdade, iam todos os dias para casa de Sandra e lá merendavam, almoçavam e muitas vezes jantavam. Sandra tinha os dois como filhos. E fez questão de apresentar o recém chegado. Sem poder levantar da cama chamou os dois no quarto para ver o irmãozinho deles.

- Irmão? – questionou Gilvana, que era mais esperta. Sandra explicou que eles eram irmãos de alma. E foi assim que Gito e Gilvana cresceram chamando Antônio: Irmão de Alma. As pessoas riam quando eles corriam no terreiro gritando: - Venha aqui, Irmão de Alma!

Seis anos se passaram e ninguém mais estranhava o apelido. Gito com oito anos e Antônio com seis anos. E assim se tratavam, Irmão de Alma e Egito. Desde muito pequeno, quando ainda estava aprendendo a falar, Antônio chamava Gito assim. E o apelido pegou. Se quisessem encontrar o Irmão de Alma bastava procurar o Egito, estavam sempre juntos. E eles eram felizes. O amor que em casa faltava a Gito e a Gilvana, eles encontravam na casa do compadre Isaias, o que aproximou também o Capote. Eram muito amigos. Consideravam-se como família.

No entanto, nada é para sempre. Essa tão curta frase é muita assustadora. Olhar para toda aquela harmonia entre as duas famílias e pensar: nada é para sempre, seria desconcertante. Que bom que nem o compadre Isaias e muito menos o Capote pensava isso. Mas não é porque não pensavam que essa frase não se aplicaria a eles. Infelizmente, as relações se rompem, e novas relações se constroem. Porém, das desconstruções da vida algumas pessoas jamais conseguem se reconstruir. Isaias não havia nascido para ser destruído e reconstruído. Ele nunca esperou ser despedaçado. E quem espera isso?

As pessoas sempre olham a vida do outro como um filme, uma história de ficção. Ver alguém cometendo suicídio na família do vizinho, o adolescente gay filho da amiga, a filha adolescente do outro engravidando, o filho daquela família conhecida contrair o vírus HIV. Quando se ver de fora ninguém nunca imagina que isso é possível em sua própria família. No entanto, a vida não perdoa, tragédias não escolhem cara. E mesmo se escolhessem, não faria diferença, dor e desespero são ruins para qualquer família, qualquer pessoa!

Eles tinham acabado de almoçar. E as crianças saíram para brincar nos terreiros, como faziam todos os dias. Nesse instante, os adultos aproveitavam para dar um cochilo antes de voltar para a labuta. Um som parecido com o som de bombinha foi ouvido bem próximo da casa. Não era bombinha, compadre Isaias sabia, pois era caçador. Aquele era o som de um tiro. Preocupado com os meninos, ele se levantou e foi procurá-los. Tinha medo deles serem atingidos por algum chumbo. Tarde demais! Antônio estava caído próximo da casa do Capote com a cabeça sangrando. Desesperado, Isaias se aproximou do filho.

Ao se aproximar, viu Gito com a espingarda do pai na mão dizendo que não sabia que estava carregada. Gito se aproximou de Isaias explicando que estavam brincando de polícia e ladrão. Isaias não ouvia nada, só conseguia ver estirado no chão seu filho, com a cabeça sangrando. Ajoelhou-se diante de Antônio e gritou muito alto, gritos que nada diziam, fazendo aglomerar em torno de si uma pequena multidão. Pegou nos braços aquele ser pequeno e frágil e percebeu que o tiro tinha sido na cabeça. Gritou por socorro. E saiu correndo no terreiro da casa com o filho sangrando, nos braços. Sandra quando viu aquela cena, desmaiou.

Foram chamar o padrinho de Antônio que tinha um carro, para socorrer o menino. O hospital era distante, eles levaram uma hora e quarenta minutos para chegar. Na frente do hospital já havia um aglomerado de pessoas. Quando o carro se aproximou do hospital, as pessoas fizeram um corredor abrindo espaço para Isaias passar com o filho. Correndo com Antônio nos braços, ele atravessou aquele corredor humano sob os olhares piedosos e incrédulos de toda aquela gente. E entrou na sala de cirurgia com o filho, vivo. Em seu corpo, uma mistura de sangue e lama tornava a cena ainda mais dramática.

Em cima da maca, os médicos viram saindo da cabeça do menino uma mistura rubra com alguns pontos brancos. Era o cérebro de Antônio que estava deixando seu crânio. Naquele instante o menino estava dando seu último suspiro e nada mais poderia ser feito. Desesperado, compadre Isaias segurava o que parecia ser pedaços do cérebro de seu filho e tentava colocar de volta na cabeça da criança. Mas o menino já não tinha mais vida. E enquanto os médicos diziam que o menino já estava morto, Isaias desesperado, com o corpo do menino, tentava sair da sala alegando que os médicos não queriam ajudar seu filho.

Os médicos tentaram segurar aquele homem enlouquecido. Mas só conseguiram pegá-lo do lado de fora do hospital, onde Isaias se deparou com uma multidão que chorou junto com ele a dor de ver aquele pequeno corpo no chão sem vida. Ninguém segurou o choro. A cena era revoltante, como Deus tinha coragem de tirar do pai um filho tão jovem? E enquanto Isaias socava o chão e gritava sem nada dizer, o povo chorava inconformado. Se fosse um roteiro de um filme ou ficção, muitas pessoas falariam que havia naquela cena muito exagero. Mas era uma cena escrita pela vida, pela cruel realidade desse mundo maldito. Nenhum pai deveria ser obrigado a ver a morte do filho, muito menos naquelas circunstâncias, com tantos resquícios de crueldade.

No dia seguinte, Isaias só pensava em vingança. Queria voltar ao sítio para matar o Capote e o Gito. E se recusava a olhar para o caixão, onde um corpo sem vida anunciava cruelmente que Antônio tinha partido. Ninguém conseguia entrar na sala onde o caixão estava sem chorar. Não era a primeira criança morta na cidade, mas era para toda aquela gente a primeira criança que eles viam assassinada por outra criança. E por mais que todos soubessem que havia sido um acidente, era impossível não olhar para o caixão de Antônio sem sentir ódio de Gito. Dois meninos, um morto e o outro odiado. Uma vítima e o outro vilão. E quem poderia culpar aquela gente por pensar assim?

AFINIDADE

Daniele Pereira

    Um sobrenome incomum e outro comum até demais. Mas, o que isso tem a ver? É a junção perfeita - Ele pensador, escritor, cordelista. Ela, leitora de carteirinha, apaixonada por literatura gótica e escritora "as escondidas". O que faria o destino para juntar sobrenomes tão diferentes?

    Nessa deixa, entra o código, capaz de uni-los para falarem a mesma língua, é que os dois, além de "escritores" são professores de língua Portuguesa e comungam a mesma fala. "Casamento perfeito", selado pela "divindade" maior: O Português.

    Desejo do fundo de minha alma de narrador - se é que tenho uma, que você alguma vez na vida vivencie um "casamento" como o deles, ou melhor, desejo que se você anseia pelo casamento, que seja exatamente como o deles. Mas a história não começou com o casamento...

    No início de tudo, Ela temia, temia não poder encontrar alguém com quem pudesse dividir sua vida - de escritora e professora. Ansiava por alguém que pudesse ajudá-la em sua luta diária. Antes dele chegar, ela estava sobrecarregada e cansada, mas é durona. Ela pode ser pequena, mas quem a conhece, quem a conhece realmente sabe que seu coração é gigante.

    Já Ele é gigante e quem o conhece sabe que tem um dom: cuidar daqueles a quem ama. Ele é um doce, por mais que queira demonstrar ser durão, é um amor, talvez queira se camuflar porque já sofreu outrora e se blindou, mas não vem ao caso.

Eles já estiveram no mesmo local, em um encontro, mas não se perceberam, não era o local e o momento exato para se conhecerem. Acredito que se naquele momento tivessem se visto, conhecido, poderia ser que eles não se dessem tão bem. O destino é engraçado e preparou o momento perfeito para se encontrarem de fato.

Ela é comunicativa, mas apenas com quem confia e conhece. Diria até que é um pouco tímida. Porém, diante de todos, naquele dia não se importou de chamá-lo para sentar próximo. Ele estava um pouco constrangido e receoso, pois naquele lugar várias pessoas estavam a acolhê-lo. Ele não é tímido, mas naquele momento foi o que Ela percebeu, por isso o chamou. Ela gostou dele, não pelo seu biótipo, não foi o estereótipo dele que chamou a atenção dela, digamos que foi algo além do comum. Não que seja feio, é um homem charmoso e ele sabe disso, sabe que pode ter a quem quiser.

A conversa deles foi natural, no primeiro momento Ele perguntava e Ela respondia e atento a cada descoberta, mostrou-se ser tão inteligente, mesmo em meio a termos e instrumentos até então desconhecidos, aprendeu rápido e hoje ajuda tantos outros que sentem dificuldade, até Ela mesma. Não sei ao certo dizer como a conexão começou, mas entre eles há conexão, não é carnal, não é pele, é superior.

Certo dia, Ele pediu que ela lesse Batom Vermelho, um dos muitos contos que Ele escreveu, a cada palavra pronunciada Ela ficava em êxtase... A composição da narrativa, a voz feminina, a descrição... Ela estava maravilhada e passou a pedir mais e mais, tornou-se viciada. Viciada nos textos: contos, crônicas, frases, poesias...

Ela sempre gostou de escrever, mas guardava tudo a sete chaves, escrevia porque gostava, os únicos olhos que liam os seus textos eram os dela mesma, pois sentia-se nua, literalmente nua se alguém os lessem. Aos poucos, Ele com sua lábia conseguiu que ela lesse um para Ele e Ele gostou. E leu mais outro e gostou mais. Mas sentiu que Ela se prendia, se amarrava como se estivesse envergonhada, envergonhada de se desprender na sua produção e ser ela mesma.

Engraçado que com o passar do tempo Ela perdeu o medo de "sentir-se nua" e os textos dela são lidos por Ele. Ele a instiga, a provoca, a influencia e Ela a Ele. Como sei? Basta ler os textos dos dois.

Depois do "casamento" Eles escrevem juntos, foi uma brincadeira, inocente brincadeira que resultou em contos publicados em seu Blog. Sim, Ele tem um blog onde posta todos os seus textos e os que produz com Ela.

Na "cama", os dois são "fogo e pólvora". Na verdade, a "cama" deles é a sala de leitura improvisada, onde sentados cada um em seu lugar e com o laptop em mãos fazem o que sabem fazer de melhor. Ela tem "orgasmos múltiplos" quando lê um novo texto dele e Ele delira de "prazer" a cada som vocálico que sai da boca dela.

No "casamento" deles não há espaço para o machismo, Ele não manda na relação, não a grita, não a machuca, pelo contrário quer o seu bem, a deixa livre e Ela não faz joguinhos, o respeita e sabe que da união e alinhamento deles dependem os seus "muitos filhos".

É difícil encontrar dois professores da mesma área que se deem bem, se ajudem e se amparem quando necessário. O que estamos acostumados a presenciar no ambiente escolar e mundo afora é um tentando derrubar o outro, é um tentando ser o "macho alfa" superior em quaisquer relações. Mas na relação deles isso não existe, acima de tudo são amigos, Ele a faz sentir como se Ela fosse sua companheira e é isso que são, companheiros de trabalho, amigos na vida.

Por esta razão, anseio que na vida real você possa vivenciar uma união como a deles e que você, estimado leitor, possa perceber que quando uma relação (de amizade e até mesmo amorosa) é para dar certo, tudo acontece de forma natural e simples - você pode ser você mesmo, sem atuar ou representar personagem nenhum.

BATOM VERMELHO

Nilson Rutizat

Arrumei-me cedo para ir à igreja, era uma manhã de domingo. Sentei-me diante do espelho a olhar meu rosto de meia idade, meu sorriso já amarelado e meus cabelos longos e sofridos, que agora eu estava a penteá-los. Abri a gaveta da penteadeira para pegar um frasco de perfume leve, guardado especialmente para ser usado no domingo quando ia falar com Deus. Aprendi desde cedo que não se deve ter vaidade. Isso é pecado! Como muitos outros hábitos femininos: cortar e tingir os cabelos, usar roupas curtas e maquiagem. Esses hábitos nunca couberam em mim, fui, desde criança, uma santa, ou quase isso.

Ao procurar o pequeno frasco de perfume na gaveta, minha mão tocou algo que não era perfume. Eu sabia disso pelo formato do frasco. Tirei a mão da gaveta e só então pude perceber que se tratava de um batom, mas não era um batom comum, era um batom vermelho. Com aquele objeto na mão, lembrei-me de como ele fora parar ali. Por rebeldia eu havia comprado, mas como não tive coragem de usá-lo guardei na gaveta e lá ficou esquecido por quase... não sei quanto tempo. Aliás, quando se é uma quase santa o tempo não importa, nada de interessante acontece para marcar o nosso tempo e assim o passado se perde na monotonia de nossa memória.

Recordo-me apenas que quando comprei o tal batom quis usá-lo, porém minha alma santa não me permitiu cometer tamanha transgressão. O que pensaria o pastor de minha igreja? Como as irmãs e os irmãos iriam me olhar? Prevendo a reação dos membros de minha igreja, decidi que o melhor seria jogar aquele objeto de pecado no lixo. No entanto, fazer isso já era impossível, tinha despertado certa admiração pelo batom. Decidi guardá-lo e esquecê-lo. E tinha esquecido, mas agora ele estava em minha mão. E em minha alma o desejo de usá-lo crescia. Disse para mim mesma que era tentação do demônio.

Por mais de uma vez tentei devolver aquele frasco para gaveta. Não conseguindo fazer isso, passei-o em meus lábios. Olhei-me no espelho e vi em meu rosto uma luz se acender. O vermelho do batom havia acendido em mim a beleza que nunca tive. Desejei ser beijada. Esse sempre foi o meu sonho: ser beijada por um homem. Admirei-me por um tempo e quis ter a sensação de sentir os lábios úmidos e macios, assim supunha que fosse, de um homem a me tocar. Queria ser mulher, sentir o prazer ou a dor do sexo. Mas eu precisava sentir algo. Nada! Não senti nada.

Percebi então que estava morta. Eu sempre estivera morta. Busquei em toda minha existência sentir a plenitude da vida, apeguei-me tanto a essa busca que acabei ignorando as sensações, desejos e prazeres humanos. Novamente o sentimento de rebeldia, que outrora me fez comprar um batom vermelho, encheu-me a alma e naquele momento de lucidez decidi ir à igreja, de batom. Já não importava mais o que os outros pensassem, eu queria viver. E assim fiz: fui à igreja com os lábios vermelhos da cor da paixão, da cor do sangue de cristo. Minha alma precisava do pecado que eu sempre me neguei cometer. Agora, eu iria alimentá-la.

A VIAGEM

Daniele Pereira

Não sei ao certo que horas são. Estou em um quarto. Não sei como vim parar nesse lugar, estou lúcido, ou acho que estou. Vejo que na cama alguém está dormindo, coberto da cabeça aos pés.

Caminho pelo quarto e vejo flores: margaridas e Jasmins, adoro o perfume que elas exalam, mas tenho medo. O que estou fazendo nesse local? Pego uma margarida e fico a contemplá-la, como pode ser tão linda e efêmera? Pego o vaso com as jasmins e o perfume fica em minhas mãos.

O quarto é de uma menina, patricinha para ser mais exato. Digo isso pela cor das paredes, um rosa chá. Há maquiagens perfeitamente arrumadas, vejo um closet do outro lado da cama - sapatos separados por cores, roupas por tons, casacos, vários casacos e bolsas das mais variadas formas e estilos. Gostei do que vi, gosto de tudo muito arrumadinho. Chego próximo a cama, consigo ouvir a respiração.

É uma jovem, suas pantufas número 35 denunciam pezinhos pequenos. Ao lado da escrivaninha um notebook e em sua tela a foto de uma modelo, acredito que seja, pois é de uma beleza incomparável - rosto assimétrico, lábios carnudos, olhos penetrantes e fixos, diria até que estão me encarando perguntando o que estou fazendo em seu quarto.

Seus olhos tão negros mostram um contraste magnífico com a sua pele que de tão alva deixa visível as suas veias fininhas como se sua pele fosse transparente. Uma foto magnífica! A paisagem de outono é insignificante perante a beleza da moça.

Vejo livros, uma minibiblioteca, mas todos estão em inglês... inglês? Como isso é possível? Ela se meche e aos poucos vai tirando o lençol que cobre o seu rosto, seus cabelos escuros não me permitem enxergar direito a sua face, mas percebo que é a garota da foto. Afasto-me um pouco, pois temo que ela me veja e se assuste.

Desesperadamente tento sair... não consigo, A porta não abre e o quarto não tem janelas. O desespero toma conta de mim. Serei preso, disso tenho certeza. Uma sensação estranha toma conta de mim, e percebo que não estou no Brasil, as tomadas são diferentes, a forma do quarto. Meu Deus! Perturbo-me. Tento gritar, não escuto a minha voz, apavoro-me.

Aos poucos, flashes de memória surgem, sei quem sou e antes daqui eu estava no meu quarto. Fecho os olhos, tento me acalmar, respiro profundamente...

Abro os olhos e estou no meu quarto, na minha cama. Aquilo não foi real? Pergunto-me. Tento colocar as ideias em ordem, sento na cama. Sinto dentro do meu ser, foi um sonho.

- Calma, foi um sonho. Digo em voz alta. Minha mãe entra no quarto, e diz calmamente:

- Adorei esse cheiro de jasmim. Fico anestesiado... levo as mãos ao nariz. O cheiro que senti naquele quarto está em minhas mãos, minha mãe o sentiu. Não estou louco. Quando relembro, ainda sinto o cheiro de jasmim. Realmente o meu corpo físico permaneceu no meu quarto, mas minha alma se desprendeu do meu corpo material.

Hoje, 15 anos depois desse episódio, tento controlar as minhas "viagens", mas é difícil ter esse poder, meu subconsciente é muito forte e às vezes me leva para lugares tão distantes que ainda me assusto.

Já estive no espaço, vaguei por lugares que não consigo descrever, já fui ao inferno, fui perseguido e em todas essas vezes eu pensava que estava apenas sonhando.

Na minha primeira viagem astral vi seres de luz que não se assemelhavam a seres humanos, eram mais parecidos com humanoides, um tentou me absorver, acordei de um pulo, pensei que estivesse louco, pirado. Na época, pensava ser apenas um sonho vívido.

Na adolescência vivi um inferno - minha mãe era evangélica, minha vó católica. Elas brigavam por tudo e não concordavam em nada, salvo uma coisa: as duas chegaram a uma conclusão: eu estava possuído. Minha mãe orava, minha vó rezava e fazia simpatias para que o demônio do sono não me consumisse. Aquilo era demais para mim, e eu aos poucos fui odiando tudo o que dizia respeito às religiões.

Com o passar dos dias, mais precisamente com o passar das noites eu viajava mais, isso foi se acentuando e eu passei por um estado de depressão muito grande. Tinha medo de dormir e viajar no mundo astral, meu medo maior era não poder voltar. Tomava remédios para ficar acordado e o meu estado de saúde estava mais grave. Eu não comia direito, era agressivo e violento.

Até que conheci uma garota, a garota nova do colégio, as meninas diziam que ela era estranha, mas eu também era. Aproximei-me dela e começamos sendo amigos, no início ela pensava que eu era viciado em drogas e realmente era, tomava e injetava drogas para inibir o meu sono.

Aos poucos fui confiando e contei tudo. Ela também fazia viagens astrais e isso para a família dela era normal. Conheci os seus pais e estes passaram a ser anjos em minha vida, me ensinaram tudo: Viajar conscientemente, mentalizar o local para onde se quer viajar, bloquear seres que querem sugar a sua energia.

Parei com as drogas, e com os ensinamentos já não tinha tanto medo da noite, pois Clara passou a dormir comigo, começamos a namorar pouco tempo depois de nos conhecermos. Com ela eu era feliz, era pleno.

Fazíamos competições de viagens, tentávamos viajar para lugares próximos que nunca tínhamos ido. Ao acordar, um contava para o outro como era o local, os objetos, a decoração. Íamos juntos conferir se realmente estávamos certos e sempre estávamos.

Geralmente, visitávamos astralmente casas de vizinhos da redondeza que não tínhamos contato. Para visitá-los fisicamente, inventávamos um monte de desculpas, a maior delas é que estávamos vendendo livros e seguros. Comecei a enxergar isso como um dom, como uma dádiva.

Certa noite viajei para a última casa do bairro. Meu maior erro foi estar lá a meia noite, eu ainda não conseguia controlar o horário da viagem. Clara como viajava a mais tempo que eu previa exatamente os minutos.

Quando meu corpo imaterial se desprendeu do material me dirigi até o final da rua, ao entrar na casa comecei a decorar os moveis, seus lugares, as cores das cortinas. Foi nesse momento que eu escutei os gritos abafados de socorro. Fui até o quarto e lá um homem espancava uma mulher, não era o seu marido. Eu nunca tinha visto aquele homem na redondeza, eles estavam sozinhos na casa. Vi naquele local seres imundos que estavam ao redor da cama, não consigo descrevê-los direito, mas além de bastantes pequenos eram asquerosos e se divertiam com o que estava acontecendo.

Quanto mais o homem batia na mulher mais eles cresciam. Eles conseguiam me ver, mas não me deram atenção. Pareciam não se importar comigo, pedia ajuda e eles se quer me olhavam, estavam em êxtase com a cena.

Corri para cima do homem, nada aconteceu, gritava ninguém ouvia, tentei sair da casa, nada. Tentei acordar não conseguia, eu estava eufórico, com medo. Fechava os olhos, tentava me acalmar, mas os gritos da mulher não permitiam que eu fizesse tal ação.

Bruscamente, o homem arrancou a roupa da mulher e começou a violentá-la, eu tentei fazer alguma coisa, mas nada do que eu fizesse no campo astral resolveria. Presenciei todo o ato e me senti pior que a mulher que teve sua dignidade arrancada por um estorvo que não pode ser chamado de homem. Os seres que também presenciaram a cena cresceram e estavam maiores que eu. Comecei a chorar por presenciar toda a cena sem nada poder fazer. Me odiei por isso e me odeio até hoje.

Quando pensei em Clara foi que consegui sair daquele lugar, quando entrei no meu corpo pensei que sofreria um infarto, uma dor tremenda dilacerava o meu coração. Clara acordou e ajudou-me. Assim que consegui me acalmar, contei o que vi. Ela se assustou e saiu correndo para ligar para a emergência. Sabia que algo terrível aconteceu ou estaria acontecendo naquele exato momento.

Chegamos no exato momento que a emergência, quando entraram acharam o corpo da mulher na cama com vários sinais de violência, infelizmente ela estava morta. Não me permitiram entrar, mas era exatamente igual ao que vi na viagem astral, a descrição que a enfermeira fez para a polícia tudo estava igual ao que vi.

Ao perceber que eu desabaria, clara tirou-me daquele lugar e me levou para casa, afinal quem acreditaria que eu tinha visto a cena no campo astral? Não pude contar os detalhes sórdidos daquela noite para a polícia, pois isso me comprometeria.

Estávamos morando com seus pais, escolhi ficar com eles porque lá eu tinha paz, na minha casa só tinha brigas e discussões desnecessárias. Fiquei em choque por dias. Eu estava na pior. Quando fechava os olhos via a cena, presenciava cada detalhe daquela noite horrenda. Eu precisava me afastar de tudo e todos.

E assim aconteceu. Clara me ajudou a ir para um local afastado da cidade, era uma casa do lago distante de tudo e todos. Resolvi que precisava ficar sozinho por alguns dias. Clara queria ficar, mas não permiti.

Estava destinado a bloquear esse "dom" que só me causava mal. Reuni todos os livros, todos os artigos e comecei os meus estudos diários para tentar viver em paz. Com o passar dos dias, eu consegui dormir tranquilamente. Já fazia mês que não via Clara e que não fazia viagem astral, apenas conversávamos por mensagem. Eu sabia que ela me visitava astralmente falando, mas eu nunca a tinha visitado.

Certa noite tive uma saudade tão grande dela que desejei vê-la do fundo de minha alma. Adormeci, ao acordar eu não estava mais na casa do lago, estava na casa dela. Levitei até o quarto, ouvi sussurros, gemidos de prazer. Deparei-me com o amor da minha vida na cama com outro, ver a cena me encheu de ódio, a odiei do fundo de minha alma. Olhei para o rosto do homem, no momento em que ele alcançava o ápice do prazer, não podia ser, não tinha como, ela estava transando com o cara que havia estuprado e matado a vizinha.

Percebi que eu estava crescendo, assim como os seres humanoides que presenciei naquele dia, entendi que eles já foram humanos e que o ódio os transformou naqueles seres. Senti poderes que até então eram desconhecidos para mim. O ódio só crescia e o meu tamanho já tinha duplicado.

Vi nossa foto ao lado da cama, meu sorriso e o seu beijo quente em minha bochecha, desejei não a ter conhecido.

Enquanto olhava a foto sentia decepção. Chorei... eu não queria me tornar um humanoide, queria ser eu mesmo, então deixei o ódio naquele quarto. Desejei que ela me sentisse naquele local, assim como ela me ensinou tentei ficar leve... leve e derrubei a nossa foto. E assim acordei.

Quando o meu espirito voltou ao corpo senti um turbilhão de emoções. O telefone tocou. Era ela, ela sabia que eu estive naquele exato momento. Não quis ouvi-la, não permiti que formulasse explicações, afinal não tinha como explicar o que vi. O vínculo que tínhamos foi quebrado. Levantei da cama, arrumei as minhas coisas e saí sem rumo.

POR UM ELOGIO

Nilson Rutizat

"Eu vi você em João Pessoa e fiquei louco para beijar sua boca" – ele escreveu num aplicativo de mensagem. E ficou por cinco minutos olhando fixo o celular, mas a mensagem não era visualizada. Decidiu ir ao banheiro. Olhou-se no espelho e viu-se bonito. Na verdade, era por se achar lindo que ele agia com ousadia. Sempre era muito direto e tinha todos os que queria. Ouviu o som do celular que avisava o recebimento de uma mensagem. Correu até a sala certo de que leria a resposta que estava esperando. Infelizmente, não era a sua mensagem que tinha sido respondida.

Sentiu-se frustrado por um instante. A frustação passou como um pensamento ruim. "Eu sou lindo", pensou, retomando sua confiança. De fato, ele era lindo. Alto, 1,85m, moreno e com o corpo bem definido. Não era malhado, mas também não era magricela. Tinha suas curvas bem delineadas. Peitoral bem desenhado e braços fortes. Suas pernas bem torneadas estavam sempre em evidência nas bermudas e calças apertadas que sempre usava. O que acabava valorizando seu bumbum de homem. É, ele era lindo e sabia disso. Apesar de ter completado 18 anos a pouco tempo já tinha muita experiência em ser irresistível. Nunca havia escutado um não quando o assunto era paquerar.

A mensagem do rapaz que ele estava a fim era questão de tempo. E com certeza seria um sim. A mensagem que lhe fizera vir correndo do banheiro era de uma colega de escola. Eles haviam marcado de fazer um trabalho e já estava na hora. Como ele podia ter esquecido? Avisou que estava saindo de casa e que logo chegaria. Voltou ao banheiro e em seus lábios carnudos passou manteiga de cacau. Para todos ele dizia que o uso da manteiga era para que seus lábios não se ressecassem com o calor do sertão. No entanto, não era esse o objetivo principal de lambuzar toda a boca com aquele troço. Fazia isso para evidenciar ainda mais seus lábios carnudos. Adorava receber elogios. E sempre recebia: "Sua boca é linda". "Você malha? Seu corpo é perfeito".

Não conseguiram fazer o trabalho. A tarde toda o assunto foi o rapaz de João Pessoa de quem ele queria beijar a boca. Sua amiga coou um café e tomaram lendo o capítulo de história para que pudessem fazer o resumo. Mas sua amiga só queria saber quem era esse tal rapaz.

- Tá bom, Amanda, eu vou te mostrar. – Ele falou como se estivesse sem vontade de o fazer, quando na verdade já foi no intuito de mostrar para sua amiga confidente as fotos de seu "crush" no instagram.

- Tem certeza, Gui? Eu não quero ser intrometida. – Ela respondeu com cinismo, pois ela sabia de tudo da vida de Guilherme. E de todas as demais pessoas de sua cidade. Moravam numa cidade pequena e davam de conta da vida de todo mundo. Talvez essa característica tenha sido importante para que eles se tornassem melhores amigos. Ela soube minutos depois de Guilherme fazer sexo, que ele tinha perdido a virgindade e com quem. E ele soube em tempo real que ela aos 13 anos estava perdendo a virgindade com o professor de história. Ela transmitiu o momento para Guilherme em tempo real.

- Você sabe tudo de minha vida, venha logo olhar o perfil dele – ela se espantou. Não era um homem lindo. Pelas fotos dava para ver que o tal pretendente tinha seu charme, mas estava bem abaixo do nível de Gui. Seu amigo sempre havia ficado com os mais lindos homens da cidade e região. Inclusive, com o dono da academia, que era casado e tinha dois filhos. - Que cara é essa, Amanda? – ela disfarçou seu espanto. Porém, ele percebeu e tentou se explicar: - É que ele tem um charme!

Em meio a conversa com Amanda, e sem perceber, Guilherme começou a seguir o Rapaz no instagram. Em menos de um minuto o Rapaz o seguiu de volta. Amanda percebeu e olhou para o amigo como indicando que o sentimento de Gui estava sendo correspondido. Guilherme não gostou, pois nunca era ele quem seguia e viu aquela ação como fraqueza. Olhou para a amiga e a repreendeu pedindo que ela se concentrasse no trabalho. Ela, por sua vez, pediu que ele relaxasse, pois falaria com o professor de história e pediria mais tempo para entregar a tarefa.

Ficaram conversando sobre a vida dos vizinhos a tarde toda e quando se deram conta já era noite. Já de volta a sua casa, Guilherme recebeu a tão esperada mensagem de seu pretende. Mas não gostou do que estava escrito. "Eu não posso ficar com você" dizia a resposta. Algo dentro de Guilherme se quebrou. Ele nunca havia recebido um não "FILHO DA PUTA" ele gritou. – Olha a boca, menino – foi repreendido por sua mãe. Ele pediu desculpa e foi direto para o seu quarto. Respirou fundo e respondeu a mensagem querendo saber o porquê. O rapaz justificou que era comprometido.

Parecia uma boa justificativa. Não para Guilherme que era acostumado a ficar com todos sem se importar com nada. Já havia ficado com o Dono da academia, que era casado. Com o namorado de sua irmã, que era hétero. Não via, portanto, como uma justificativa plausível o fato de o rapaz ser comprometido. "Mas só um fica", Guilherme insistiu. "Eu sou fiel", o rapaz lhe respondeu. Essa mensagem foi mais absurda que a anterior aos olhos de Guilherme. "Como assim?", ele pensava, "eu sou lindo!".

Esse pensamento traduzia seu comportamento. Sua visão de vida. Não era porque ele tinha apenas 18 anos. Esse pensamento de autoconfiança, assim ele definia, se dava pelo fato de sempre ter tido todos os elogios e amores que ele quis no decorrer de sua curta vida. Em seu perfil no instagram mais de 200 fotos postadas e nenhuma crítica. Aquele era um acontecimento inédito em sua vida. Ele não sabia lidar com aquela situação. A frustação que outrora passou tão depressa havia agora se instalado em seu ser. Ele então chorou. E continuou chorando. Depois xingou o rapaz: feio, imundo gordo. Não sabia como lidar com aquele NÃO.

Num súbito de raiva bloqueou o rapaz em todas as suas redes sociais. Ele se recusava a se lembrar que um dia um não lhe teria sido dito. – Pronto! – indagou aliviado como se nada daquilo tivesse acontecido. Vestiu sua camisa e saiu para rua. Precisava respirar ar puro. Ou quem sabe receber um elogio para que sua autoestima se reestabelecesse. E como supunha, o elogio não demorou muito. Ele se aproximou do homem, agradeceu e foi para casa daquela criatura que decidira reestabelecer sua majestade. Os dois fizeram sexo vorazmente. Guilherme sabia que era desejado e fez com o seu súdito o que bem quis.

No entanto, nada aconteceu como ele imaginou. Ao invés de ter sua autoestima reestabelecida como pensou, teve sua família destroçada. Ao chegar em casa pela manhã, suas coisas estavam na calçada e Amanda a sua espera. Guilherme se aproximou de sua casa sem nada entender. Amanda em tom fúnebre avisou ao amigo: - sua mãe já sabe... E antes que ele respondesse a amiga, sua mãe saiu aos berros em sua direção:

- Como você foi capaz, Guilherme? Eu expulsei seu padrasto de casa porque você me disse que não aguentava mais ele te assediar. E... olha o que você me faz! Como você pôde

dormir com ele? E não adianta negar, Amanda me mostrou o vídeo de vocês dois. Por que, hein, Guilherme? Me explica.

O PSICÓLOGO E A ESCRITORA

Daniele Pereira

Não espero, senhor leitor, a sua comoção, muito menos que sinta pena, ou me absolva dos meus pecados que para toda a humanidade são vistos como um horror. Por tantas vezes quis contar minha história, mas a repulsa que causo não me fez ser ouvido, não os culpo. Nem eu sinto culpa.

Isso faz parte de quem eu sou. Monstro? Diabo? Talvez os dois. Nos jornais fui descrito como a personificação do mal. Em um post no Instagram colocaram chifres em minha cabeça, suavizaram a ideia de Lúcifer e me colocaram nos holofotes do inferno.

Quando pensei que iria levar meus pensamentos para o túmulo, alguém quis ouvir a minha voz e esperou ansiosamente para me ouvir e isso para mim já basta.

Uma escritora procurou-me, pensei que ela teria medo, ou nojo como todos os quais já mantiveram contato comigo, a primeira impressão que tive foi que a conhecia, não sei por que continuei, senti algo estranho quando a fitei, mas a vontade de falar abertamente com alguém foi superior a sensação estranha que tive ao encontrá-la, não quis matá-la, nem se estivesse sozinha na rua a mataria, isso para mim foi mais que estranho.

Eu não poderia imaginar que aquela mulher de cabelos longos ruivos e tão bonita não quisesse fugir do meu olhar, pelo contrário me encarava como se buscasse respostas que apenas eu tinha.

Propôs-me um acordo, eu deveria contar tudo e ela seria a minha voz. A voz que todos jamais ouviram. Sem pensar muito aceitei e assim iniciamos as nossas conversas. Ela me visitava semanalmente e me levava sempre um presente – comida, das mais variadas formas e gostos. A comida da prisão é horrível, por mais que mudem o cardápio, o gosto é o mesmo. Fui condenado a prisão perpétua e vivo no isolamento, não posso manter contato com nenhum preso, dizem que sou perigoso, e com um objeto simples, por mais simples que for posso matar alguém.

A justiça deu-me a oportunidade de conhecê-la. Para vê-la, meus pés e pernas eram algemados, não podia andar, só ouvir e falar. Isso já me era mais que suficiente. A prisão é um tédio, e de tédio eu entendo muito bem. No começo de tudo eu achava que ela não aguentaria a pressão, pois eu não omitia nada, falava abertamente e contava todas as ações, mas ela se mostrou curiosa e atenta a cada detalhe.

Tive que voltar a minha infância, minha família pateticamente normal: pai, mãe e irmãos, dois para ser mais preciso. Eu fiquei muito tempo tentando entender o porquê não sentia determinadas emoções, o que só me levou a compreender a falta e o vazio quando cometi o meu primeiro assassinato. Amor por eles eu não sentia, mas sabia que aquilo deveria ser como tinha que ser. Então, passei a minha infância ouvindo tudo e encenando, eu fingia que tinha sentimentos e atuava como um verdadeiro ator.

Aos 10 anos precocemente meu corpo começou a mudar, percebi que estava passando por uma puberdade precoce. Certo dia estava no banheiro me masturbando, coisa que fazia com muita frequência na época. Quando percebi olhos em minha direção, a minha mãe olhava a cena pelo espelho da janela, não parei... continuei e ela apenas sorriu de forma petulante. Hoje, penso... se ela tivesse me repreendido, o que eu teria feito com ela? Bem... isso não vem mais ao caso. Esse foi o início de uma vida ativa e solitária sexualmente falando. Atuei, fui bom aluno

e percebi que sabia dizer exatamente aquilo que as pessoas queriam ouvir.

Atualmente, percebo que se me fosse dada outra oportunidade de voltar no tempo e acertar as coisas eu faria exatamente igual. Essa é a minha essência. Demorei muito tempo para me aceitar, pois me condicionei a viver daquela forma: encenando ser alguém que eu não era.

Quando iniciei o ensino médio, alguns instintos que eu tinha foram aflorados, instintos que a maioria da sociedade condena. E cada vez mais colegas me procuravam ao ponto de não me deixarem sozinhos, sempre querendo conversar, contando as histórias das suas vidas medíocres, a todos eu ouvia e lamentava, para ser sincero eu fingia o lamento.

Em uma das muitas conversas conheci uma garota que demonstrou estar muito afim de mim, era necessário que eu a mantivesse por perto e foi isso que fiz, fingia gostar dela a todo custo, mas quando estava com ela eu pensava e articulava diversas formas de matá-la.

Certo dia, estávamos sozinhos no meu quarto, aos poucos ela foi chegando mais perto... e mais perto ao ponto de sentir seus seios sobre mim. Não a rejeitei, eu a quis, a desejei e a tive. Passamos a transar com frequência, mas meu gosto sexual aos poucos tornou-se peculiar e a cada nova transa eu a machucava mais.

Mantive o papel do cara bonzinho e confidente, gostava do que isto me proporcionava, todos confiavam e eu estava no controle, pois sabendo dos segredos mais secretos de todos eu sempre conseguia o que queria. Não os ameaçava, eu sabia usá-los, por isso escolhi a minha carreira profissional no segundo ano do ensino médio.

Quando cursava o terceiro ano, a garota com quem eu mantinha relações sumiu, evaporou. Não entendi o real motivo, eu a espancava na hora do sexo e fazia umas coisas bem loucas, ela gostava e não sentia medo. Fiquei sem entender por que sumiu, foi como se nunca tivesse existido. No começo eu tentei encontrá-la, desisti depois de um certo tempo. Afinal, eu tinha muito o que planejar.

Passei a anotar tudo em um caderno que eu escondia a sete chaves, nas descrições que fazia, me sentia por inteiro: nele eu podia ser eu mesmo. Depois do primeiro assassinato o queimei. Não poderia deixar pistas, ninguém desconfiava e eu não iria facilitar para a polícia, caso cometesse algum deslize.

Consegui me comportar até o último ano do ensino médio, bom moço, bom filho. Eu tentei. Juro que tentei trancar o meu verdadeiro eu, mas ele foi mais forte, aprisionou-me e libertou-se com tanta euforia que quando permitia que eu saísse não tinha forças para detê-lo.

Só com o passar do tempo foi que percebi o que realmente eu era, ou melhor, em meu corpo habitava duas pessoas. Tão distintas e ao mesmo tempo tão parecidas.

Formei-me no ensino médio com honra ao mérito, melhor da turma em todas as disciplinas e isso abriu portas para minha vida. Passei em primeiro lugar na universidade mais requisitada do país, Psicologia foi o curso que escolhi.

Minha cara ouvinte ficou pasmada quando soube que eu era mestre em Psicologia, e disse que era uma ironia a minha escolha. Na verdade, eu escolhi essa área justamente pela minha condição, e eu queria me entender melhor. No primeiro semestre eu já era destaque entre os professores do curso, ao passo que no segundo semestre já atuava na área.

Estágio fora de época, dizia o meu professor, cara de bom coração, que não percebeu as minhas reais intenções, mesmo tendo PHD em psicologia não percebeu meu comportamento, aliás ninguém nunca percebeu. E assim como os outros, ele foi usado.

Quando minha ouvinte não vinha até mim, era como se o sol não me aquecesse, me sentia perdido. Sozinho ficava indagando o que ela estaria fazendo? Meu dia era um completo vazio. Ficava imaginado... o que ela estaria pensando?

São 8h da manhã e ainda estou na cama, hoje é quarta-feira – dia de visitar o demônio, o cheiro daquela prisão mais parece o enxofre que acredito exalar no inferno. Eu estou vivendo um inferno, à noite reviro-me na cama constantemente, o sono parece que não vem e quando durmo sou assombrada com a voz, a voz que escuto nas quartas-feiras.

Minha mente de escritora faz com que eu veja em tempo real as ações e descrições tão perfeitas que ele faz de cada assassinato. Perturbo-me com a eloquência em que descreve o que fez com suas vítimas, são tantas que me perco imaginando como alguém pode matar tanta gente e sumir com os seus corpos?

A cada novo detalhe eu ficava em êxtase, não o meu eu, mas o eu escritora... Terror, a narrativa fantástica e psicológica sempre foram o meu maior encanto, não consigo explicar desde quando surgiu esse gosto por escrever, não tive influência de ninguém, percebi que criar personagens macabros me acalmava, me fazia viajar e escapar de quem na verdade eu era, era e sou um tremendo vazio. Sempre me senti assim, só me sinto viva quando escrevo, por isso estou sempre com o Laptop em mãos.

Mas toda semana vivo uma contradição, eu queria ir até o fim, já tinha andado a metade do caminho, não poderia voltar atrás. Lutei na justiça por mais de um ano para conseguir visitá-lo na prisão de segurança máxima, e agora estou relutante em ir.

Levanto calmamente, paro em frente ao espelho e percebo o quanto envelheci, meu rosto não mais exala a juventude de outrora, mas sinto-me bonita e atraente. Hoje vou mudar, está decidido: vou cortar meus cabelos. Tenho 25 anos, sinto como se tivesse 40. Desde que comecei a visitá-lo perdi 8 quilos, não sinto fome. Minha silhueta mais parece a de uma modelo que sofre de bulimia, mas ainda sou muito bonita.

Solto os meus longos cabelos que estão presos no alto da cabeça, decidi que eu mesma faria o corte. Em frente ao espelho pego a tesoura e aos poucos... mechas e mais mechas vão caindo. Decido cortar mais e mais e deixo apenas uma mecha na altura da sobrancelha. Sinto-me mais jovial e bonita e o meu sinal de nascença no pescoço fica a mostra, mas o vazio ainda persiste. Não irei visitá-lo hoje. Disco o número da prisão e invento uma desculpa qualquer, desligo rapidamente. Hoje decido não ouvir, hoje decido não vivenciar novos assassinatos. Dirijo-me ao banheiro e tomo um longo banho, coloco os meus pensamentos em ordem.

Relembro os motivos que me levaram a procurá-lo, relembro as razões pelas quais eu lutei tanto... preciso de respostas, preciso saber tudo. Ao sair do banho, sinto-me mais confusa do que nunca. De roupão mesmo vou para o meu escritório, meu local predileto.

Pego o laptop, a garrafa de Bourbon está quase vazia, encho o copo e vou saboreando aos poucos. O esboço do livro está no final do capítulo 3. Essa poderia ser uma estória tão simples de ser narrada, mas não, não é tão simples quanto parece, não para mim. Dessa forma, inicio o capítulo 4 com o título: "Desejo".

Hoje, o desejo me consome, tenho que agir, estou a ponto de enlouquecer. Quero ter o poder de decidir o momento exato em que a vida deixa o corpo. Quero nesse exato momento sentir o ápice que é ter o domínio da vida. Meu desejo é minha essência, matar, matar é o que me completa.

Sinto-me eufórico só de pensar que matarei novamente, sou perfeito e encubro os meus rastros de forma que ninguém tem o paradeiro das vítimas, até hoje eu não conto onde coloquei os restos mortais de todas as minhas vítimas, em sua maioria mulheres. Meu dia está sendo um saco, tenho que esperar a noite chegar, estou ansioso para tê-la, ansioso para sentir-me vivo.

A minha vítima é uma mulher de 28 anos, casada, ainda não tem filhos, não que isso para mim seja importante, mas adoro ouvi-las gritar... e gritar dizendo que tem uma família, dizendo que tem filhos, isso não me comove, apenas me deixa com mais desejo de morte.

Ela sairá sozinha às 10h30min, foi o que a minha pesquisa diária e minhas anotações confirmaram. Às 10 dirijo-me ao estacionamento. Estou com um carro roubado, e me certifiquei de que todas as câmeras não me notarão. Não tem ninguém, é sexta-feira e ela é a última funcionária a sair da empresa.

Sou o seu psicólogo, ela virá rapidamente, desenvolvemos um laço bacana no decorrer de seis meses, ela não terá medo, entrará no carro sem pestanejar. E assim aconteceu. Quando ela saiu, buzinei discretamente, ao perceber que era eu, abriu logo um sorriso - vim te buscar - disse com tom amável, preciso te levar para conhecer um local maravilhoso.

Ela consentiu, entrou no carro de bom agrado, nem percebeu que o carro que dirigia não era o meu, não estranhou o meu capuz. Seguimos pelas ruas menos movimentadas da cidade, ela falava e falava. E eu, eu estava ansioso. Ao chegar no nosso destino, vendei-a. descemos do carro e entramos.

Era uma casa abandonada com um banker, sim, lugar perfeito para cometer os meus assassinatos, ninguém frequentava o local, a não ser eu e minhas vítimas. Ao entrar tranquei o portão com cadeado e a golpeei com tanta força que seu maxilar sangrou rapidamente...

Não me contive, as lágrimas correram em meus olhos. Eu estava contando um assassinato verídico, aos poucos me senti também assassina. E isso estava longe de acabar...

Ela não veio me ver, engraçado como estou me sentindo dependente dela. Logo eu, eu que sou o serial killer mais temido. Pelo o que sei é um retrato da solidão por esta razão estou condicionado a vê-la. Isso me faz bem.

Será que ela está doente, será que se cansou da minha presença, só saberei na próxima semana, enquanto isso permito que meu lado bom reine, permito que ele vivencie esse inferno que é estar preso, permito que ele fique condicionado a esperar uma mulherzinha medíocre, permito que ele goste dela, apenas para vê-lo sofrer mais e mais com o passar dos dias.

Quando a escritora de meia tigela vem, permito que eles conversem... que conte a sua versão de todos os assassinatos, mas não permitirei que fale sobre ela, a mulher que mais senti prazer ao matá-la, a mulher cuja carne me proporcionou um prazer inigualável, eu a saboreei de todas as formas, mas não permito que ele fale sobre esse assunto.

Era quarta-feira, eu estava ansioso para vê-la novamente. Quando ela chegou... tremi nas bases, meu coração batia tão forte que fiquei sem reação, era ela?

Não, não poderia ser. Ela teria a mesma idade que eu.... Ela morreu. Eu me certifiquei. Aquela em minha frente era um fantasma do passado. O corte do cabelo...
O sinal de nascença de um lado ao outro do pescoço... O que o destino me causara?

Era hora de pagar os meus pecados. Ela entra e percebe o meu desconforto, começa a falar e eu permaneço calado. Ela está ofegante, sua voz está cortando, tenho a impressão que vai chorar. Estou desconfortável e começo a suar.

Lembranças indo e vindo, as lágrimas escorrem em meus olhos. A ficha cai... Percebendo que vou desmoronar "Calibam" me tira de cena e me prende.

Sua escritora de meia tigela, está na hora de você me deixar em paz, se eu pudesse, se pelo menos uma mão estivesse livre te enforcaria aqui e agora. Ariel é ingênuo, não vou permitir que ele fale. Suma daqui antes que eu me desprenda e te mate a mordidas.

- Onde você a colocou? Gritou a miserável.

Mas antes que ela pudesse falar mais comecei a gritar. E o outro imprestável teve forças, estava lutando comigo.

- Sou eu, sou eu. Calma, calma não temos tempo, não poderei assumir por muito tempo, fuja. Vá embora e não volte mais, o carcereiro chegou e me tirou.

Na cela, chorei, chorei tanto. Isso era um sentimento? Eu estava sentindo algo. Não sei ao certo o que era.

Naquele momento ele estava tão confuso, o gatilho que faltava foi disparado, o pobre Ariel não tinha mais forças para lutar com o Calibam e assim uma personalidade suprimiu a outra, como se nunca tivesse existido. A partir daquele momento era apenas o Calibam.
Sozinho, na cela, Calibam voltou no passado. Lembrou-se dela, a única que manteve um relacionamento com ele.

Na época, transavam muito. Antes dela desaparecer estava doente, estava estranha e fugiu, como se nunca tivesse existido. Apareceu um ano depois. Seu corpo estava diferente, engordara. Seus cabelos, tingidos.

Ela o procurou, mas não explicou nada. Apenas transaram da mesma forma que antes, dessa vez ela ficou com vários hematomas. Na noite seguinte, ela o procurou novamente, mas dessa vez não retornou. Deixou de existir. E ele... ele a comeu.

Por dias comeu sua carne saboreando cada pedaço como uma iguaria, ao lembrar dela, saliva como se o gosto ainda estivesse em sua boca. A única vítima que ele nunca esqueceu. A única, pois as outras jamais proporcionaram tamanho prazer para ele.

Hoje, em seus pensamentos a imagem da sua filha não lhe sai da memória, é constante, é permanente como uma tatuagem fixa, fixa em sua alma...

-Será que tem o mesmo gosto da mãe? Essa é a pergunta que faz sempre ao deitar. Quanto a escritora... ela percebeu que assim como o pai tem duas personalidades, e ela o ouviu, ouviu o Ariel que disse para ela fugir. Deixou para traz a sua história e a de sua mãe. Assim como aconteceu com o seu pai- uma personalidade suprimiu a outra, e hoje ela é apenas... A ESCRITORA.

TUDO O QUE EU NÃO POSTEI

Nilson Rutizat

A primeira foto que postei foi de uma festa que fui com o meu marido. Lembro-me que eu estava loira e sorrindo. O sorriso foi o motivo de eu ter postado a fotografia. Meu perfil no Instagram era recente, essa era a primeira foto compartilhada. Nunca gostei de redes sociais e foi a minha profissão, eu sou professora de língua portuguesa, que me obrigou a aderir a essa modernidade. Todos os meus alunos estavam nas redes sociais e, portanto, eu não podia ficar alheia a elas. Embora os livros fossem meu passatempo favorito, a internet devia fazer parte da minha vida.

Recebi muitos comentários. E quanto voltei a sala de aula, após o fim de semana, a minha postagem era o comentário favorito dos alunos. Eu não vou mentir, senti-me feliz. Não que eu seja superficial, mas foi bom perceber que as pessoas se interessavam por mim. Mesmo assim, demorou um pouco até eu postar minha segunda fotografia. Só fiz isso três meses depois durante minhas férias, quando fui com meu marido e minhas duas filhas para a praia. E depois da segunda postagem, viciei-me. Postei eu na igreja com minhas filhas. Fotos do meu gatinho. O passeio romântico com o esposo. Pensamentos e frases que me encantavam. Eu passei a postar quase tudo. Era agora uma internauta.

Não tinha percebido. Mas estava me tornando uma pessoa superficial. Passei a dar importância a acontecimentos rasos, como o fato de perder o momento com a família fotografando para postar em meu Instagram. Comecei a sentir necessidade de compartilhar minhas conquistas e frustações:

muito feliz pela homenagem da Universidade a mim. Oba, férias! Filhas se divertindo. Participação em congressos. E muitos acontecimentos que antes eu vivia passei somente a compartilhá-los, pois se não postasse eu tinha a sensação de que aquilo não estava acontecendo.

Praticamente abandonei meus livros. Até quando decidia ler sentia a necessidade de fazer um stories para mostrar para as demais pessoas que eu estava lendo. Aquele momento que outrora era um momento meu comigo mesma, passou a ser um momento de interesse coletivo. Eu queria que todos vissem que eu estava lendo. Por quê? Eu não sabia explicar, mas sentia essa necessidade. O celular era agora uma extensão do meu corpo. E como consequência da necessidade de compartilhar veio a minha compulsão por fotos, mas necessariamente selfies. Eu havia me transformado em uma professora descolada, e por ter muitas turmas tinha também muitos seguidores. Porém, o conteúdo que eu compartilhava era incoerente com o que ensinava na Universidade.

Em sala de aula, eu ajudava a formar professores de língua portuguesa. Há quase 10 anos havia passado no concurso público para professora efetiva da UFCG – Universidade Federal de Campina Grande, e atuava no campus de Cajazeiras como professora do Curso de Letras. Toda minha família tinha orgulho de mim. E meus alunos me queriam muito bem. Digamos que eu tinha um ótimo relacionamento com meu emprego. Afinal, eu amava de paixão o que fazia e valorizava minhas conquistas. Não tinha sido fácil chegar naquela função, antes disso tinha sido professora da educação básica da rede estadual da Paraíba.

Naquele dia, os cliques eram feitos em razão da minha aprovação no doutorado. E antes mesmo que o jantar, oferecido por meu esposo em comemoração à minha aprovação, terminasse eu já estava compartilhando as fotos no meu

Instagram. Ele nunca havia dito nada em relação a essa minha compulsão de compartilhar tudo. A festa se estendeu para a universidade, meus colegas me abraçavam, parabenizando-me. Meus alunos ficaram felizes e tristes ao mesmo tempo, pois eu sairia de licença para fazer o doutorado. No entanto, prometi-lhes que viria para a formatura de todas as turmas que concluíssem o curso antes do meu retorno.

Dessas comemorações e homenagens resultaram mais postagens em minhas redes sociais, que eram agora três: Instagram, Facebook e Whatsapp. Passada exata uma semana do meu afastamento do trabalho, comecei a me sentir mal. Meu marido até brincou que isso era a falta da rotina de muito trabalho. Claro que era brincadeira, por mais que eu gostasse do que fazia, não iria adoecer por falta de trabalho. Aliás, nem sei se isso é possível. Já vi pessoas adoecerem por excesso de trabalho. Por falta de trabalho, essa seria a primeira vez.

Viajei para João Pessoa para dar início ao meu Doutorado. E lá decidi procurar um médico. Fui diagnosticada com câncer nos ovários. Pasmei... Mas mantive a postura. De volta ao apartamento de uma colega de trabalho, onde eu ficava hospedada quando ia a capital, tranquei-me no banheiro e chorei. Chorei... E chorei novamente. Foi um choro silencioso. Um choro introspectivo. UM CÂNCER? Eu gritava em meu pensamento. E peguei o celular para ligar para meu esposo. Desisti. A tela estava aberta no meu instagram. Fui olhando minhas fotos uma a uma. Aquelas lembranças todas...

Todas aquelas lembranças não me despertaram nada. Tive ódio de mim mesma. Como pude perder tanto tempo compartilhando momentos que não vivi? Como não vivi tantos momentos compartilhando? Eu poderia morrer! E do que me serviria aquelas fotos que nada diziam sobre mim. Lavei o rosto. Tentei me recompor. Sai do banheiro e fui para a varanda do apartamento com um livro. Mas não li. Fiquei olhando lá embaixo os carros passando. As pessoas em um entra e sai no shopping em frente. Crianças brincando. Crianças...

    - Minhas filhas! - pensei de supetão – quem irá cuidar de minhas filhas quando eu morrer? Tal pensamento me veio como um punhal cravado em minha alma. E enquanto eu olhava as crianças lá embaixo me lembrei dos momentos mais felizes de minha vida. O nascimento delas. Seus primeiros passos. As primeiras palavras. A primeira palavra que minha filha mais velha falou: AMORA. Ri. Nunca tinha entendido porque essa tinha sido sua primeira palavra. Meu esposo sempre contava essa história rindo. E o mais irônico era que ela não gostava de amora. Lembrei-me das noites de sono. Da felicidade de vê-las lendo suas primeiras palavras. Chorei novamente.

    Eu tinha câncer! Mas não quis postar isso. Eu precisava contar para a minha família. E o celular que sempre usei para compartilhar tudo não me foi útil naquele momento. Eu tinha que contar para minha família. Mas só faria isso pessoalmente. Fiquei em João Pessoa por mais uma semana. Não faltei a nenhuma aula. E não postei mais nada. Ninguém questionou a minha ausência na internet, por certo deduziram que o doutorado estava exigindo de mais de mim. Quando na verdade era o universo que exigia que eu voltasse a viver, e tinha me dado um prazo de validade para isso.

    Alguns parentes se fizeram de fortes. Outros choraram. Minhas filhas não entendiam a gravidade da situação. E eu segurei o choro quando, de volta em casa, contei para minha família o meu diagnóstico. Eu percebi que teria o apoio de todos. Meu esposo pediu que eu me afastasse do doutorado para fazer o tratamento. Eu me recusei. O universo tinha exigido que eu vivesse e tinha me dado um prazo para isso. Só quando eu ia fazer a quimioterapia era que eu faltava às aulas. No restante do tempo fui tomada por enorme desejo de viver. De viver verdadeiramente.

Somente quando o meu cabelo loiro começou a cair, o campus onde eu trabalhava ficou sabendo do meu problema. Minhas caixas de mensagens se encheram de incentivos, de carinho, de mensagens de pessoas que diziam estar comigo. Mas elas não estavam. Não sabiam quando eu vomitava após uma etapa do tratamento. Não estavam quando no banheiro eu chorava vendo meus cabelos caírem. Não estavam quando eu desmaiava na universidade durante as aulas e era levada de ambulância para o hospital. Elas não estavam comigo e, por isso, não entenderiam o que eu sentia quando olhava meu rosto no espelho e via a vida deixando o meu corpo.

- A quimioterapia não está funcionando no seu caso - quando o médico me disse isso, senti que o meu prazo de validade estava chegando ao fim. Eu já sentia o cheiro da morte. Decidi raspar o cabelo, pois já não importava para mim a vaidade. Decidi também continuar estudando. Cuidando da minha família. Decidi viver o pouco tempo que me restava. Na pia do banheiro chorava toda noite olhando o meu rosto refletido no espelho, cada dia mais com menos vida. Eu não queria morrer. Não era minha vida o que me preocupava. A dor que mais me dilacerava o peito era ter que deixar minhas filhas sozinhas. Sem mãe. - O que serão delas? – eu pensava.

Recebi uma ligação que interrompia aquele momento de tortura. Eu voltaria a fazer o tratamento. Agora, com novos medicamentos. Arrumei-me para voltar ao hospital, meu esposo, como se quisesse me animar, fotografou-me. Eu estava com um lenço na cabeça. E, apesar de muito abatida, um brilho de esperança dava vida ao meu rosto gasto pela doença e os longos momentos de choro no banheiro. Ele postou a foto no meu Instagram. E eu fui agarrar meu último sopro de esperança.

Formei-me no doutorado. Meu cabelo já cresceu um pouco, está tocando em meus ombros. E hoje, tenho muita vontade de viver. Continuo usando as redes sociais, e não permito que as redes sociais me usem. Poderia ter compartilhado essa história no Instagram. Mas o livro sempre foi meu maior confidente. O livro conversa comigo e não comenta, não julga, não crítica, não elogia. Fala o suficiente, e me escuta, e me faz voar, e viver, e sentir-me viva. Eu não preciso fotografar meus momentos com meus livros. A alma guarda todas essas lembranças e me mostra que eu sou mais feliz quando vivo ao invés de apenas compartilhar.

NO VAI E VEM DA VASSOURA

Daniele Pereira

Quatro horas da manhã e dona Maria já está de pé, desde muito cedo aprendeu a trabalhar para sustentar a casa. Quando seu pai morreu de tuberculose ela era apenas uma criança e sentiu na pele o que aquilo lhe representava, não só na ideia de não ter a figura paterna e sim pelo fato dele ser o provedor, pois trabalhava de sol a sol para sustentar os 7 filhos e sua mulher.

Casaram-se jovens e as crianças vieram muito rápido. Ao passo de sete anos de casamento, sete crianças já levavam uma vida dura no interior da Paraíba. Moravam em uma casa de taipa que seus pais a exibiam com orgulho por ter construído com suas próprias mãos e sem ajuda de ninguém.

Quando completou 9 anos de idade seu pai faleceu e como era a primogênita teve que amadurecer muito rápido, deixou a boneca e passou a "brincar de adulto" cuidar dos irmãos mais novos era sua obrigação, ir para a roça campinar e pedir a Deus para mandar chuva era sua constante oração.

Não se sabe ao certo o que aconteceu, mas sua irmã mais nova teve uma febre muito alta durante a noite e quando amanheceu ela não mais se movia, tinha morrido. A mãe consternada de tristeza e desesperança adoeceu. Não comia e nem bebia, era de cortar o coração.

Por mais que os outros filhos implorassem, a mãe nada fazia, era como se não suportasse viver e quisesse ir ao encontro da filha morta. Com o passar dos dias o inevitável aconteceu: de fome e sede sua mãe morreu.

Sem a ajuda de ninguém, a menina mulher trabalhou na roça e criou os irmãos com muito esforço. Ela queria que todos estudassem, mas não tinha condições de comprar o básico para comer, imagina material para que os irmãos pudessem estudar?

Um a um, os irmãos foram crescendo e aos poucos todos estavam amigados. Menos Maria, ela se dedicou de uma forma tão exaustiva para criar os irmãos que esqueceu de cuidar dela mesma. Ao rezar, pedia a Deus que colocasse em seu caminho um homem bom, mas o coração a fez se apaixonar por João.

Por mais que fosse a mais velha, Maria era ainda ingênua, não percebeu que o destino lhe pregaria uma peça. Engravidou muito rápido, antes mesmo de João pensar em casar, ele quando soube que seria pai, quis tirar o corpo fora, mas o seu pai que era homem de honra o obrigou a casar.

Hoje, Maria vive uma vida "Severina" cria os 5 filhos de seu sofrido casamento, amor já não existe, o que vivenciam é apenas sofrimento, pois seu marido é um malandro, só liga para beber. O sustento dos seus filhos ela tem que recolher, por isso é que ela passa o dia todo varrendo, ganha trocados e mais trocados e com isso vai vivendo.

Mas tem dia que é difícil e ninguém a vem chamar para dar uma faxina e a casa de alguém limpar. Quando alguém a chama, leva logo as filhas que é já para elas irem aprendendo.

Ao varrer a calçada da dona do Botequim, ela repara em uma mulher que vem a sua procura, de salto alto 15, em um vestido vermelho apertado, sinalizando os quadris para ambos os lados, é a mulher do prefeito, cheia de joias e exalando um perfume caro, passa quase esbarrando na vassoura e não dar a menor importância para dona Maria, que olha fixamente para a dama. A mulher do prefeito age como se ninguém estivesse ali.

Dona Maria para de varrer e fica prestando atenção, atenta aos movimentos que a dama de vermelho faz: ruído dos sapatos, cheiro no ar, cor vibrante. Aos poucos Dona Maria se permite mudar, usa o escapismo e vai para outro lugar. Ela se imagina que é dona de um grande restaurante, que sua casa é bonita, sua geladeira é sempre cheia e seus filhos são sadios. O seu marido amoroso, levanta cedo e vai trabalhar é dono de uma concessionária e são ricos naquele lugar. Sua casa é feliz, e seus negócios vão muito bem.

De repente a vassoura cai. Dona Maria se assusta e volta a pensar na mulher do prefeito que a olhou com indiferença. Ela reconhece esse olhar a quilômetros de distância, sabe que para os outros é insignificante, pois não sabe ler ou escrever e não tem posses.

E assim, continua varrendo, não dá muita importância, pois sabe que quando chegar em casa verá os pequeninos olhos famintos dos seus filhos e isso a enche de esperança. Para eles, ela é a pessoa mais importante do mundo e isso para ela é melhor que toda a riqueza do mundo.

PESADELO

Nilson Rutizat

Acordei-me sobressaltado. Pulei da cama como se estivesse fugindo de alguém, não sei. Se era um pesadelo, eu não me lembro. Mas estava com a boca seca. E a única coisa que me veio à mente naquele momento foi ir até a geladeira e beber um copo de água bem gelada. Andei em direção à porta, mas não sabia o que estava acontecendo, a cada passo que eu dava mais a porta se distanciava de mim. E a sede aumentava. Meus lábios doíam de tão secos. Eu corri. E a porta se distanciou mais ainda. Decidi me sentar e esperar. Ao fazer isso, a porta se aproximou de mim como se fosse uma pessoa e ficou me observando. E foi se abrindo vagarosamente, rangendo no ritmo da minha respiração. Fechei os olhos.

Minhas pálpebras pareciam transparentes, pois ao fechar os olhos via a porta se abrir com mais nitidez e meus ouvidos captavam com mais ênfase o ranger daquela fechadura. Enferrujada? Não sei. Fiz a única coisa que podia. Gritei. Mas a voz falhava e meus lábios ardiam de tão secos, racharam. E de supetão a porta se abriu e um vento forte me puxou. Acordei. A dúvida, porém, me tomava todo o corpo. Eu estaria mesmo acordado? Tudo o que eu via me mostrava que sim. Estava na minha cama, no meu quarto. Uma resta de sol iluminava meu rosto e a sede tinha acabado. Suspirei aliviado.

E mesmo sem sede decidi ir à geladeira e tomar um copo de água bem gelada. Por mais estranho que pareça, a geladeira tinha sumido. Sem entender nada e com medo de ainda estar preso naquele pesadelo. Gritei novamente. Um grito de socorro tão forte que minha mãe veio ao meu encontro desesperada querendo saber o que tinha acontecido. Perguntei pela geladeira e ela sem entender nada me disse que tinha ido para o conserto. Envergonhado, sai da cozinha e fui tomar um banho. No chuveiro, a água corria pelo meu corpo, mas não me sentia melhor. Não sabia mais o que era sonho ou realidade. Estaria ficando louco? Comecei a me questionar.

- Vai demorar nesse banho? – uma voz diferente da voz de minha mãe indagou-me. Quem seria essa nova personagem feminina inserida nessa trama que eu desconhecia? Eu não sabia. Aquela voz não me era familiar, mas na dúvida decidi seguir o enredo daquela história. Vesti-me e fui tomar café da manhã. A geladeira estava lá, minha mãe tinha sumido. E à mesa estava uma mulher jovem, bonita e rodeada de duas crianças, um menino de uns sete anos e uma menina de uns cinco anos. Não os conhecia. O medo, porém, não me deixou fugir.

- Como foi sua noite? – a mulher me perguntou. Resolvi mentir e lhe disse que tinha sido boa. Ela continuou falando e me disse que eu era muito forte por considerar boa uma noite em que embriagado vomitei inúmeras vezes. Quis saber de minha mãe. O silêncio tomou conta das pessoas à mesa. - Sua mãe? – indagou a mulher. E continuou: - você está bêbado, amor? Sua mãe morreu há dois anos. - Aquela informação me deixou com um nó na garganta e um sentimento de perda. Como assim morreu? Eu pensei, há pouco falei com ela. Foi que me lembrei de que antes de acordar eu havia sido engolido pela porta. Talvez eu estivesse sonhando. Ou em outra dimensão. Já não sabia em que acreditar.

Levantei-me e ao sair às crianças me seguiram chamando-me de papai. Que mundo era aquele? Desde quando eu tinha filhos? Tranquei-me no quarto e encarei a porta a manhã toda na esperança de ser por ela engolido e voltar para o meu mundo. Fiquei horas encarando a porta e nada acontecia.

Estaria eu preso naquela dimensão ou sonho? O que fazer para voltar? Senti fome. Voltei à cozinha e almocei com aquela família estranha. Brinquei com as crianças, sorri para a mulher. Fingi fazer parte daquela história. Tentei me encaixar naquele cenário. O plano, no entanto, já estava sendo traçado em minha mente.

Ao anoitecer, cheguei à conclusão de que a única forma de acordar ou fugir daquele mundo estranho era descontruindo todo o cenário e eliminando seus personagens. Nenhuma história existe sem personagem. Eu já sabia o que teria que fazer. Seria muito difícil, mas era o correto. No jantar, voltei à mesa e não me servi. Deixei que a mulher e as duas crianças comessem à vontade. E fiquei apenas esperando.

O efeito começou pela menina. Sua boca começou a sangrar e ela gritava enlouquecidamente: - Tá doendo, mamãe! Minha barriga tá queimando. Socorro, socorro! – a mulher correu para socorrer a menina e eu não podia esperar que o veneno fizesse efeito. Peguei a faca e cortei o pescoço do menino. Senti o corpo do menino perdendo as forças e caindo sobre mim. O sangue que saia de sua garganta umedeceu meu corpo, e a sensação de refrescância que a água do chuveiro não me trouxe, senti naquele momento. Gostei daquela sensação e enfiei a faca ainda mais funda no pescoço do menino, mas o sangue estava acabando. Furei de novo, e de novo, e de novo... Perfurei todo o seu corpo e nada de sangue.

A mulher se desesperou ao me ver fazer aquilo. E correu ao meu encontro. Eu perfurei sua barriga e ela em sua agonia de morte viu a menina dar seus últimos suspiros. E enquanto repetia exaustivamente a palavra não, seu sangue molhava ainda mais meu corpo. A sensação, porém, não era boa. Seu sangue era denso e não era nada refrescante. Joguei seu corpo no chão e decidi experimentar o sangue da menina. Perfurei seu corpo. O sangue escorreu sobre minhas mãos e eu levei até meu rosto. Mas estava frio. Nada se comparava ao sangue do menino, quente e refrescante.

Nunca havia me sentido tão vivo como naquele momento em que o sangue do menino escorria pelo meu corpo. Senti necessidade de mais. Nesse momento, a cortina de fumaça que cobria meus olhos começou a se esvair e eu comecei a me lembrar daquelas pessoas mortas. O dia do meu casamento. Os três anos de namoro e muita promessa de uma vida feliz. Minha alma começou a se partir. O que eu fiz? Meu Deus, o que eu fiz?

São meus filhos mortos. Eu me lembrei de tudo. Os primeiros passos de Martinha. As histórias que contei a Marcos. Eles eram meus filhos, não era um sonho. A lucidez tomou conta do meu ser. Eu quis gritar, não consegui. O grito ficou enganchado na garganta. Abracei os meus filhos. Eles estavam perfurados e neles não havia mais vida. Quis morrer... levantei-me e olhei os corpos sem vida no chão, cobertos de sangue. A lembrança da sensação do sangue do menino sobre o meu corpo tomou conta de mim e substituiu toda culpa. Agora, meu único desejo era sentir de novo aquela sensação.

O VISLUMBRE DE UMA CONVERSA - I

Daniele Pereira

É sexta-feira, saio do trabalho pontualmente às 5 da tarde, caminho rapidamente até o carro. A jornada é curta, mas a cada passo que dou parece que fica mais longe. Em meus ombros, carrego o peso de mais uma semana de trabalho, sinto-me cansada. Assim, vivo constantemente.

Minha vida se resume a trabalho e mais trabalho. É o que se espera de um adulto, ou pelo menos é o que eu ouvi na adolescência. O fato é que cresci, e assim como meus pais, vivo exclusivamente para o trabalho. Tenho poucos amigos, com os quais compartilho tudo, ou melhor, quase tudo.

Neste dia, sinto-me pesada: coração acelerado, mente a todo o vapor. Não sou uma pessoa vazia, pelo contrário sou cheia - de sentimentos, culpas e situações mal resolvidas que na maioria das vezes me arremete ao estado de soletude.

Antes que imagine, não! Não sou antissocial, apenas aprecio a minha companhia, gosto de estar comigo mesma. Às vezes, meus pensamentos são tão concretos que é como se eles ganhassem forma física e saíssem de mim para conversar. Procuro saber a verdade sempre, porém as respostas podem não ser aquilo que queremos ouvir. Acredito que a frase célebre: a verdade dói vem desse sentido, quase sempre queremos idealizar as coisas e ter a nossa própria verdade, quão tola me acho por isso.

Romântica? Não, gosto de vivenciar a realidade e firmar os pés no chão, mesmo apaixonada por romances, na vida real evito viver clichês. Não me arrisco, aliás nunca me arrisquei. Certa vez ouvi alguém dizer: "A gente não escolhe por quem se apaixona." Penso no amor, mas ele não é uma escolha, dessa forma, escolhi não me apaixonar. Gosto de suposições, mas à medida que envelheço o meu eu, o verdadeiro eu diz: questione tudo, sempre enxergue além, além do óbvio e das suposições.

Ao chegar no carro, sento e com o mesmo olhar distante me vejo vagando em meus pensamentos, obscuros? Talvez. Aliás, a minha vida é uma constância de talvez. Dou a manobra e saio no sentido centro da cidade, moro sozinha em um apartamento grande que mais parece uma prisão, mas lá no conforto do meu quarto (meu lugar preferido) posso viajar nos pensamentos sem ser questionada, sem ser mal interpretada, além disso, odeio quando me perguntam o que estou pensando.

O trânsito está calmo, pessoas caminham rapidamente no vai e vem desenfreado, uns voltam da escola, outros do trabalho e assim a vida segue seu curso indiscutível e mesmo que você pare, ela continua.

Droga! O sinal vai fechar, tenho pressa. Tenho urgência de chegar em casa. Sou uma pessoa de princípios, dessa forma, não avanço o sinal. Em meio a tantas pessoas, vejo uma moça que está parada próximo ao sinal vestindo uma calça jeans desbotada quase em tiras, pergunto-me como alguém pode usar aquilo... sua camiseta branca estampada em letras garrafais: FODA-SE, é algo chamativo, porém o que mais me chama atenção é o seu cabelo, um rosa um tanto espetacular.

Em uma fração de segundos nossos olhos se esbarraram, e foi o estopim de uma conversa, acredito que a conversa mais sensata e eloquente que tive. Nada foi dito, e nossos olhos fitaram-se e como em um passe de mágica nossas mentes se conectaram.

Em momento algum quis fugir daquele olhar, pelo contrário. Nossos olhos tornaram-se um, pois refletia o mesmo vislumbre, apenas a carga de sentimentos era diferente. Houve troca, troca de emoções e eu pude entender coisas que até então, não faziam sentido para mim. Foi recíproco. Ah! Que expressividade aqueles glóbulos azuis revelaram: a personalidade, a verdadeira personalidade de sua dona, a qual fiquei encantada por tamanha destreza e coragem.

Quantas coisas cabem em um olhar... é difícil explicar. Ouço buzinas, um cara impaciente grita insultos, pois não percebi que o sinal estava aberto. Não me chateio, afinal ele não compreende o teor da conversa. Tenho que seguir viagem. A lobrigo pela última vez com pesar, e por um milésimo de segundo, ela leva o dedo indicador até os lábios, pedindo-me sigilo total da nossa conversa. Concordo, afinal.

Sigo meu caminho, mas não com a pressa de outrora. Aprendi a desacelerar, seguir com calma e aproveitar o que tenho. E quanto a urgência de chegar ao meu destino, sigo um rumo contrário.

OLHARES

Nilson Rutizat

Coloquei meu melhor vestido. Passei o perfume mais forte que encontrei no armário e calcei a sandália mais alta que eu tinha. Eu estava decidida a chamar a atenção de todos. Naquela noite, eu seria notada. Fui para o bar mais badalado da cidade, sentei-me em uma mesa na porta de entrada para que todos que entrassem e saíssem do bar me vissem. Queria ser notada. Eu precisava ser vista. A noite toda recebi olhares dos mais diferentes possíveis, alguns me paqueravam, outros se apiedavam de mim por eu estar sentada sozinha em uma mesa de bar. Mas não me importava como fossem os olhares, eu apenas queria ser vista.

Não era querer muito. Aliás, eu sempre fui uma mulher de me conformar com pouco. Durante os 20 anos de casada, casei-me quando ainda era uma adolescente, aos 15 anos, eu me acostumara a viver com pouco, com migalhas. Mas agora que estava sozinha eu não iria me conformar com pouco. Não era um ou dois, eram todos os olhares que eu queria. Quem se atrevia a passar sem me olhar era surpreendido com um barulho de copo na mesa, ou um grito de "acaba não mundo de Deus!". Naquela noite, eu experimentei tudo o que me foi negado nos últimos 20 anos. Eu fui vista.

Meu marido nunca me levava para sair. Eram os amigos dele os seus companheiros de festa. Enquanto isso eu mofava nos vãos solitários daquele maldito apartamento. E me orgulhava em ser sua esposa e ter um lar e uma família. Que família? Nem filhos eu tive. Éramos meu marido e eu, melhor, era apenas eu. Até na cama era apenas eu. Ele nunca se preocupou com meu prazer, sempre fui seu depósito de espermas, péssimos espermas, já que nunca tivemos filhos. Se um dia eu gozei foi graças a mim mesma. Até isso fiz sozinha.

Fui escrava de uma vida traçada socialmente para mim. Fui prisioneira das convenções, malditas convenções dessa sociedade. Mas naquela noite tudo mudaria, eu iria transar muito, gozaria muito e depois de satisfeita eu me vestiria e iria me embora sem querer saber do prazer de ninguém. Meu marido estava morto, meu carrasco sucumbiu. Aquela noite era minha: eu e os olhares. Quais daqueles olhares me laçaria e me levaria para cama, comecei a pensar. Mas não tive tempo de escolher. Apaguei. O mundo inteiro se distanciou da minha vista e de repente me vi no meio de uma escuridão terrível e não me lembrei mais de nada.

Acordei no outro dia, em casa, naquele maldito apartamento solitário. E do meu lado apenas a solidão. Como cheguei ali? Eu não sei. Nem me lembro o que fiz ou disse, mas não importava, ele estava morto. E a liberdade era minha veste. Minha pena havia se vencido e eu estava livre. Tomei um banho, coloquei o short mais curto, o batom mais vermelho e a blusa mais sensual que eu tinha e sai para a rua. Todos haviam me olhado, eu não era invisível. Eu existia, e foi muito bom voltar a existir.

O VISLUMBRE DE UMA CONVERSA - II

Daniele Pereira

Muitos acreditam em coincidências e vivem suas vidas a mercê da sorte. Eu? Já acreditei um tempo... hoje, percebo que elas não existem, pois são criadas na imaginação das pessoas que tentam dar um ar de casualidade aos eventos mais improváveis que podem acontecer na vida. Gosto de pensar em destino, mas não com a ideia de algo estático ou idealizado por alguém supremo como Moro, deus que podia determinar o futuro dos mortais e dos próprios deuses. Cética? Não. Tenho minhas convicções e sei que o universo conspira de acordo com as nossas intenções. Então, o destino para mim é como poesia, às vezes somos regentes, ora regidos por sua lei e dessa forma seguimos.

Assim como há alguns meses atrás, hoje é sexta-feira. Sigo normalmente, saio do trabalho rumo ao centro da cidade. Não percebi diferença alguma, até porque essa é minha rotina constante. Paro no sinal de trânsito. Sem direcionamento, apenas mecanicamente olho pela janela e... Voilà! (Ai está ela).

Era ela, a garota de cabelos cor de rosa, vestida com um jeans rasgado com uma camiseta FODA-SE e repleta de rebeldia, MAS NÃO ERA MAIS A MESMA. A nossa comunicação foi modificadora, pois eu também mudei. Hoje ao encontrá-la percebi que estava totalmente diferente do que foi outrora.

Seus cabelos não eram mais cor de algodão doce, estavam negros e reluzentes igual ao pôr do sol quando toca as águas do mar. O contraste da obscuridade dos seus cabelos com os olhos azuis, só intensificou o poder de persuasão de seu olhar. Suas roupas não eram mais chamativas, sua fisionomia não demonstrou mais a rebeldia de antes, seu próprio corpo tinha outra postura. Só a expressividade do seu olhar continuava a mesma.

Assim como o meu, o olhar dela é perdido é um vagante que circula entre os universos paralelos que sua mente permite criar e só poucos conseguem compreender.

Nossa última conversa foi eloquente, mas nada foi pronunciado, fonema algum foi ouvido, salvo a voz do olhar que se pronunciou tão forte e arrebatadoramente. Senti reciprocidade, a rebeldia que ela tinha veio até mim, a minha mansidão foi até ela. Porém, hoje nossa conversa teve outro teor. Na fração de segundos quando nossos olhos se conectaram a carga de emoções foi diferente.

Em toda a minha existência ela é a única pessoa que consegue conversar de forma tão profunda e entender os anseios de minha alma, digo com toda convicção, pois ela também sente. Não sei o seu nome e nem preciso saber, pois a essência do poder do nosso olhar nos permite contatar a janela de nossa centelha e nela encontramos o real e o que é valoroso.

No seu expressivo olhar eu pude constatar desejo, sim eu senti. Latente e flamejante o desejo dela era de controle e até domínio, as suas pupilas estavam dilatadas e isso refletia mais doçura. Algo que aprendi com o passar dos dias é que a relatividade do tempo é incrível. Aquele momento para nós durou mais que alguns minutos, para os outros, apenas 30 segundos.

Você deve se perguntar o que eu senti. Eu senti... bem... é melhor não revelar, isso surpreenderia você, uma vez que não vivenciou a conversa. Será que nós nos veremos de novo? Claro que sim, a poesia do destino é algo encantador, a gente não precisa entender, apenas sentir, mas de uma coisa tenho certeza: nunca subestime o poder que tem o olhar.

A PRINCESA E O DRAGÃO

Nilson Rutizat

Não é um conto de fada. Nem tampouco irei falar de uma princesa indefesa e muito menos de um príncipe. Na verdade, de princesa ela não tem quase nada, salvo o charme, a beleza e a educação. Para ser sincero com você, caro leitor, ela até ficará irritada com o título que dei a esse conto. Mas para ficar claro, o título está mais relacionado ao dragão, sim, temos um dragão em nossa história, e ela ficou com o título de princesa por associação, por analogia.

Repito, ela odeia que a chame de princesa. Prefere que se dirijam a ela pelo seu nome, Dane, não é uma abreviação de Daniele, nem muito menos de Daniela, mas seu nome original. Seu nome era Dane, e era assim que ela gostava de ser chamada. Uma moça inteligente e muito, extremamente educada e ética. Trabalhava como escritora em um site literário, publicava contos todas as sextas-feiras. Não, ela não é uma personagem do século XIX, eu a conheci em fevereiro de 2019, quando também fui trabalhar nessa revista digital.

Cheguei à redação do site/revista Elitera, que trazia um novo conceito de produção e consumo de literatura na era digital. Fui trabalhar nessa revista justamente atraído por essa nova visão da literatura. Eu não era um ótimo escritor, e ainda não sou, mas para a Elitera o que realmente importava era o olhar que tínhamos dos acontecimentos diários e a maneira como contávamos as histórias, de forma simples e clara. O que atrairia novos leitores e colocava o jovem no centro da produção e consumo dos textos literários. Estávamos trabalhando com um novo conceito: o leitor protagonista.

Naquela manhã, meu primeiro dia no novo trabalho, entrei na sala com tanto medo. Diante daquelas pessoas a me olhar, não sabia o que mais me consumia, o medo ou o constrangimento. Dane, de sua cadeira, acenou e apontou para uma cadeira vazia do seu lado, indicando para eu sentar. Apresentei-me a Dane e a sua colega de trabalho Riany, as duas pareciam muito amigas e conversavam, e riam, e trabalhavam, tudo ao mesmo tempo.

Reli novamente o material que orientava a produção literária e todos os conceitos novos que orientava a produção e publicação dos textos. Fiquei totalmente perdido. Apesar de conhecer inúmeras palavras, aqueles conceitos eram para mim estranhos. Porém, Dane se incumbiu de me orientar. Eu tinha muitas dúvidas e ela muita paciência. Foi o dia inteiro de muita conversa, e em meio a essas conversas descobri que Riany era chefe de setor a quem deveríamos responder. Senti que tinha encontrado meu emprego dos sonhos. Isso durou até o dragão invadir a torre e cuspir fogo para todos os lados.

A editora chefe entrou e mais parecia o ditador da Coreia do Norte. Todos se calaram e apenas anotaram as ordens do Dragão, que descobri minutos depois, chamava-se Lyke. Não quis saber se esse era realmente seu nome ou apenas um apelido. Nada nela me interessava. E não pense, caro leitor, que Lyke se igualava a Maryl Streep em o "Diabo veste prada". Peço-lhe desculpa caso tenha construído na minha descrição essa imagem dela. O dragão que entrou na redação parecia não saber do que estava falando e em seu discurso não tinha quase nada do que eu tinha lido no material da Elitera, que tinha como público alvo o Jovem: leitor protagonista.

Dane sempre muito bem centrada conversou comigo e inteirou-me de alguns conflitos entre a chefe de redação e os demais funcionários da empresa. Chegou a me dizer em uma de nossas pausas para um cafezinho que acreditava que Lyke estava mudando. E como pouco a pouco fui vendo o perfil da nossa chefe, confessei a Dane que achava essa mudança muito improvável. Riany também compartilhava dessa minha visão, da não mudança do Dragão e ficamos bons amigos, não por esse caso, mas pela maneira como convivíamos.

Entre a gente nunca faltava assunto, e quando os jovens leitores vinham à redação conhecer a gente ou pegar algum autógrafo, compartilhávamos uns com os outros tal experiência. Aprendi muito com elas duas e isso me permitiu continuar desenvolvendo um trabalho na Elitera, que como o delas, considero, de qualidade. Mas aos olhos de Lyke eu não me adequava à empresa.

No entanto, meus textos eram lidos por muitos leitores protagonistas e aprovados por eles. Esse deve ter sido o motivo porque eu continuei trabalhando na revista. Sempre que os executivos liam os relatórios percebiam que Dane, Riany e eu éramos bons profissionais.

Aos olhos de Lyke não servíamos para a empresa, e de todos eu era o pior, a fruta podre que tinha contaminado o grupo e corrompido Dane, a inocente e ingênua, aos olhos de nossa chefe. No entanto, isso não me ofendia, não tanto quanto ofendia a Dane, uma vez que ela nunca fora ingênua e muito menos inocente. Longe disso, Dane era uma mulher centrada de opinião própria e muito analítica. Aquilo que o Dragão chamava de ingenuidade, eu chamo de ética, de profissionalismo.

Os textos antes escritos com muita criatividade e entusiasmo sofreram com o conflito. Fomos parar em reunião extraordinária com os executivos da revista e Lyke jurou que não havia feito nada de errado. No entanto, seu discurso se diferia do discurso dos demais e ela foi orientada a tratar com respeito seus funcionários. Mas isso não aconteceu. Continuamos contando histórias magníficas, mas, vivendo situações constrangedoras.

A princesa e o Dragão não se enfrentam, mas o calor do fogo expelido diariamente pelo Dragão nos sufoca. E continuamos nesse ambiente insalubre sobrevivendo porque precisamos do dinheiro, mas resistindo e contando a nossa história em outros enredos, fazendo com que nossos personagens vivam nossos dramas e angústias. E vez ou outra nos tornamos leitores protagonistas de nossas próprias histórias para criarmos histórias protagonizadas por nós mesmos.

OS CAVALEIROS DE TICE

Daniele Pereira

Este poderia ser um conto de fadas, salvo se essa história acontecesse no mundo imaginário ou em algum universo paralelo da literatura, mas, pasme senhor leitor, ela é real, é indiscutivelmente real.

No reino encantado Tice existia uma comunidade que lutava pelo bem do reino, dessa forma, os componentes labutavam dia a dia para conseguir levar adiante a paz e a prosperidade que eles tanto mereciam. Eram guerreiros que já lutavam em outros reinos, mas que por um bem maior e um passe de mágica foram reunidos em um só lugar. Muitas vezes sofriam calados, ora eram repreendidos por fazer o que é certo, ora exaltados por fazerem o que era errado. E assim, a vida seguia.

Um cavaleiro medieval chamado Cero, foi confiado para comandar essa comunidade e aos poucos quatro camponeses foram convidados a guiar os demais, e assim tornaram-se cavaleiros. A intenção era descentralizar o poder e fazer com que todos fossem ouvidos e tivessem voz diante do árduo trabalho que eles enfrentavam.

Os quatro cavaleiros eram compostos por a Magna a mais inteligente, considerada o almanaque do reino, o Firme que era o mais positivo e bom coração, o Mestre que tinha o poder da vida e o Atração que julgava ser apaziguador, já que tinha o poder de atrair o que bem queria. Estes quatro guiavam tantos outros. Tudo seguia normal e a cada dia novos talentos eram descobertos. A mais nova de todo o reino, a Coração, logo provou o seu valor, pois recebeu das mãos de Magna uma árdua missão, passou a comandar um grupo, em práticas de construção.

A Futuro mostrava que era necessário focar, ter metas para o seu sonho conquistar e estava sempre presente em todo lugar. Com o passar dos dias o Fibonate adoeceu e teve que ir a outro reino receber os cuidados de Merley, que garantiu curá-lo do mal. Tarefas e mais tarefas foram dadas aos camponeses e cada um no seu tempo se tornou cavaleiro, ao passo de pouco tempo a comunidade de camponeses se tornou cavaleiros.

Esses eram fiéis escudeiros, salvo duas cavaleiras que se mostraram diferentes dos demais: A Tanto Faz e a Tanto Fez, estas eram irmãs meticulosas e começaram a criar estórias para a Rainha, sim no reino Tice existia uma rainha... As irmãs Tanto, disseram a rainha que seu reino amava a Cero e não a ela, até as crianças preferiam Cero. Enraivecida e perplexa a rainha usou a sua varinha de "fada" e prendeu Cero no calabouço de um antigo castelo tão distante de Tice que nunca ninguém poderia alcançar, o pobre Cero nem pôde se despedir dos seus cavaleiros.

Um tempo se passa até que Risonha é criada para fazer parte e liderar os cavaleiros, no começo foi muito difícil para Risonha se habituar, pois as porções eram difíceis de calcular, porém com o passar do tempo tudo foi se resolvendo e os cavaleiros foram se afeiçoando a Risonha que passou a ser querida por todos naquele lugar. A labuta era grande, e para ajudar o Fibonate e a Vislumbre dois camponeses foram convocados de outros reinos: Tazitur que iria ajudar a Vislumbre e o Oragam a Fibonate. Tudo estava completo. O reino poderia ter paz, mas tinha a Rainha, e esse era o problema.

A Rainha tentou seduzir o Atração, o Diem, mas só conseguiu essa façanha mesmo com o Cão, seu fiel escudeiro, tão dissimulado e pervertido quanto ela. Eles eram a dupla dinâmica. O Cão a queria, de certa forma a amava, pois compartilhavam as mesmas loucuras. O que a Rainha queria mesmo era usá-lo. E usou até ele não ter serventia alguma e o descartou como se fosse um saco de lixo.

O reino recebeu uma reforma geral e todos os que ali residiam puderam estar mais confortáveis, nesse período a Rainha enlouqueceu, ela enlouqueceu de vez. Tazitur que tem o espírito de justiça logo começou a lutar contra os ideais da rainha louca, esta, perturbada piorava cada vez mais. Ao passo que, começou a cercar todos os camponeses, um a um, a fim de persuadi-los. Sua intenção era fazer todos de refém, reféns de sua imposição e de sua falta de caráter.

Dissimulada, a rainha louca começou a usar a sua torpe imaginação e os pobres animais do reino também sofreram com as loucuras da rainha. No reino Tice, os animais eram mais valorizados que os cavaleiros e tinham destaque especial.

A rainha louca cercou a destemida Futuro e contou estórias, nas quais a Futuro só tinha se tornado cavaleira graças a ela. A Futuro chorou... e chorou, mas entendeu o seu papel e seguiu. O fibonate também não escapou... na estória da rainha louca ele não perdeu o título de cavaleiro porque ela era a rainha e cuidava dos seus. E a Vislumbre, a pobre vislumbre para a dissimulada rainha, era uma maçã, linda e frágil que se corrompeu, pois passou a seguir fielmente o Tazitur, "cara mal, fruta podre" que corrompeu a pura criatura.

Segundo a rainha louca, os destemidos cavaleiros não tinham perfil para fazerem parte do seu reino e a todo custo ela quer a retirada deles, a pobre Risonha já não suporta a vida no reino e quer fugir... os cavaleiros continuam na labuta e fazem o reino progredir, mas para a louca rainha eles nada fazem, todo o reino é próspero por causa dela.

Chego a pensar em finais felizes, mas será mesmo que um dia o reino Tice encontrará a paz? Será que os cavaleiros conseguirão vencer a rainha louca? Esse futuro ainda é uma incógnita e nem o sábio Merley consegue prever.

DEVOLVA MINHA ALMA

Nilson Rutizat

Tereza espreguiçou-se. Um raio de sol em seu rosto avisava que a muito já tinha amanhecido. E insistentemente tentava acordá-la, avisando que lá fora o domingo pedia um passeio. Era preciso olhar a rua, ver o céu sem nuvens, o vai e vem das pessoas. Ela puxou o lençol e bloqueou a claridade do sol que entrava por uma pequena brecha na janela. O quarto estava meio claro, meio escuro, dando a sensação de nem noite e nem dia. Era assim que ela gostava: saber que era dia, mas continuar dormindo. Virou para o outro lado da cama e se embrulhou dos pés à cabeça. Apesar de estar um dia ensolarado ela sentia muito frio.

O lençol agora bloqueava o sol. O cheiro de carne frita que vinha da cozinha era impossível bloquear. E ela ficou sentindo o aroma da carne sendo frita ao mesmo tempo em que ouvia o chiado da panela de pressão. Provavelmente, estavam cozinhando feijão. Por mais de uma vez ela quis levantar. Suas pernas estavam sem força e ela sem nenhuma disposição. Não sabia o que estava acontecendo. Respirou fundo, e o cheiro da carne fez seu estômago roncar. Tinha fome, mas nenhuma disposição. Seu desejo naquele momento era levantar e participar da reunião familiar que se fazia em torno da mesa da cozinha. Tentou novamente se levantar e caiu fazendo um enorme barulho, pois ao cair derrubou a mesinha ao lado da cama com seus esmaltes e perfumes.

Os olhos de Tereza se arregalaram de tal forma que dava para medir o seu medo em graus. Ela não sabia o que tinha acontecido para se sentir tão fraca. No chão, ela olhou debaixo da cama, não viu nada, estava escuro como a noite sem lua. Sentiu vontade de se esconder lá. Mas desistiu. Ficou caída no chão esperando que alguma das pessoas que tanto conversavam viesse lhe ajudar. Vinte minutos se passaram e ninguém apareceu. Não tendo o auxílio que pensou que teria, ela rolou lentamente para debaixo da cama até todo o seu corpo ficar imerso na escuridão. Então, fechou os olhos e chorou. Ninguém ligava para ela. Era apenas a garota estranha. A garota estranha de 18 anos.

"A garota estranha de 18 anos" – quando formulou essa frase em sua mente, chorou mais ainda. E se lembrou de Jane, sua melhor amiga, que não a via há exatos cinco anos. Nenhuma de suas lembranças lhe trazia conforto. A última vez que tinha visto a amiga foi no seu aniversário de quinze anos, que era também o aniversário de quinze anos de Jane. Apesar de serem filhas de pais diferentes, Tereza e Jane tinham exatamente a mesma idade, com diferença apenas de minutos. E por serem muito amigas, as famílias decidiram fazer o aniversário delas no mesmo dia, o que não deu muito certo. Antes do fim da festa Tereza surtou e mordeu Jane no braço até sangrar.

Embaixo da cama, pensando na amiga, Tereza tentou se lembrar do motivo de a ter mordido, mas não se recordava. Só sabia que a amiga lhe fazia muita falta. Já fazia quase meia hora que ela tinha caído. Decidiu sair do quarto e falar com a família, estava com fome e o almoço provavelmente já estava pronto. Levantou-se sem nenhuma dificuldade. Tomou um banho e sentiu-se muito bem, como se nada tivesse acontecido. Não se importava sequer com as lembranças do aniversário frustrado da noite anterior. A única lembrança que tinha era de sua mãe aparecer com um bolo. Depois disso se trancou no quarto e só agora iria sair.

Tereza sempre gostou de ficar sozinha. A única companhia que valorizava era a de Jane, com quem conversava, brincava e dava altas gargalhadas. Quando elas se afastaram, Tereza se tornou uma jovem reclusa, ficava pelos cantos calada e quando estava em casa passava a maior parte do tempo trancada no quarto. Na escola, só falava o necessário e não era amiga de ninguém. Conversava apenas com Léo. E a ele contava muito pouco. Ela sentia fortes dores de cabeça. Calafrios em dias quentes e por várias vezes ao levantar pela manhã não sentia as pernas. Todos esses sintomas só começaram a aparecer após seu surto no aniversário, que culminou na mordida.

Ao entrar na cozinha, o almoço estava pronto como ela supunha. Seus dois irmãos, um de 15 anos e outro de 9 anos, estavam almoçando. Ela sem cumprimentar ninguém pegou o prato que estava no armário ao lado do fogão e colocou sua comida. Sentou-se indiferente à mesa enquanto seus irmãos almoçavam e conversavam entre si, falavam de futebol. Ela não parecia estar ali, ninguém notava sua presença. Parecia invisível para o mundo. Só se sentia gente quando estava com Jane. Mal terminou de almoçar sua mãe trouxe novamente o bolo e colocou sobre a mesa, mas dessa vez não cantou parabéns. Ao ver o bolo Tereza desmaiou.

Os meninos que estavam à mesa almoçando correram assustados. A mãe de Teresa abaixou-se para acudir a filha, mas sem acreditar muito no desmaio. Aquela não era a primeira vez que ela fazia essas cenas para chamar a atenção. Porém, ao tocar o corpo da filha percebeu que sua temperatura estava altíssima, tentou animá-la e não tendo sucesso, desesperou-se. Ligou para emergência, que em menos de quinze minutos já estava em sua porta.

- Que lugar é esse? – se perguntava Teresa andando por um corredor com paredes de espelho, teto escuro e o piso de vidro. Olhava nos espelhos e via apenas metade do seu rosto refletido. Não tinha mais o olho esquerdo, a orelha esquerda... não tinha mais seu lado esquerdo. Quis gritar, mas a voz não saia de sua metade de boca. Desesperada, tentou correr para encontrar uma saída. Não conseguiu, pois agora tinha apenas um braço e uma perna, tinha somente um lado do corpo. Sem poder fazer nada, encostou seu meio corpo no espelho e esperou. Não sabia o que estava esperando. Só sabia que não conseguia sair daquele labirinto de espelhos.

Não demorou muito para começar a perceber reflexos no espelho, de pessoas e lugares. Tentou novamente gritar e de novo não conseguiu. Só lhe restava olhar aquelas pessoas sem nada poder fazer. Fixou o único olho que tinha nas cenas refletidas nos espelhos a fim de se distrair. As imagens ali não lhe eram estranhas, eram na verdade lembranças, momentos vividos por ela. Ela estaria morrendo? Começou a se perguntar, pois sempre ouvira a mãe dizer que quando as pessoas morrem sua vida inteira passa diante de seus olhos. E naqueles espelhos era sua vida refletida.

Muito tempo ali naquela situação. Apenas metade de si, sem poder se mover e vendo lembranças que ora lhe faziam sorrir, ora lhe faziam chorar. Começou a notar um padrão naquelas imagens. Só eram refletidas nos espelhos lembranças suas com Jane. Com seu meio cérebro deduziu que aquilo era, na verdade, o inferno. E por ter mordido Jane, ela teria ido para o inferno. E aquele seria o seu castigo: relembrar os momentos mais felizes de sua vida com a pessoa que mais amou no mundo, sabendo que era sua culpa o fim da amizade. E aceitou o castigo, e ora chorava, ora ria. Se desesperava. Vivia a angústia que ela supunha ser o inferno. Mas teria que se acostumar, uma vez que o inferno seria eterno.

- A senhora precisa descansar! – a enfermeira insistia com a mãe de Teresa. E afirmava que ela não podia ficar mais no hospital, explicando-lhe:

- Se sua filha acordar a gente chama a senhora. Mas você precisa descansar, já está aqui há mais de uma semana sem dormir direito.

Como poderia dormir sabendo que sua filha estava na UTI? Era impossível. O medo de Teresa morrer expresso no rosto de sua mãe, era um tanto egoísta, pois se sentia culpada pela filha está naquele estado. Nunca havia levado muito a sério o problema da filha. E se ela morresse agora quem iria lhe redimir dessa culpa? Além disso, a angústia era grande por ainda não ter um diagnóstico. Não, ela não iria sair do hospital sem saber o que estava acontecendo com sua filha.

- Vá para casa, eu fico aqui com ela! – falou Jane tocando o ombro da mãe de Teresa. Essa por sua vez olhou para Jane como se não estivesse acreditando que ela estava ali. E a olhou ao mesmo tempo incrédula e agradecida, e a abraçou. Jane ficou no hospital como prometido. Na verdade, não tinha raiva de Teresa. Da situação no aniversário tinha ficado mais o constrangimento. E depois daquilo não tinha mais visto sua amiga, até agora. Abriu vagarosamente a porta do quarto, uma enfermeira estava mudando a roupa de cama. Jane aguardou na porta receosa e envergonhada. Sabia que a amiga estava desacordada, porém sentia-se intimidada apenas em saber que ela estava ali tão perto.

Uma mão agarrou o único braço de Teresa. E um dos espelhos começou a se romper fazendo um portal se abrir. De repente, o espelho começou a se diluir e uma das paredes transformou-se em uma cachoeira. Teresa ainda não conseguia andar. Mas sentiu uma força lhe puxando rumo a cachoeira e ela se deixou levar. A única coisa que queria era fugir daquele inferno. E ao atravessar a cachoeira viu refletido na sua frente o rosto de Jane. Deduziu que a amiga lhe havia perdoado e que por isso estava saindo do inferno.

Mal sabia Teresa que de salvadora Jane não tinha nada. E que a amiga não estava ali no seu quarto para lhe perdoar, mas para drenar o restante de seus poderes. Sim, Jane e Teresa eram bruxas. Mas apenas Jane tinha consciência disso, pois em sua família também tinha uma bruxa, má, mas muito poderosa. E o plano todo veio da bruxa má. O aniversário que tanto atormentava Teresa foi, na verdade, o primeiro ritual que permitiria a Jane drenar da amiga seus poderes. E aquele era a último momento de todo o processo de drenagem dos poderes de Teresa.

Jane se aproximou da enferma, segurou-lhe as duas mãos e começou a resgatá-la do mundo espelhado, onde Teresa encontrava-se blindada do feitiço que lhe perseguia por mais de cinco anos. O que para a paciente era sua salvação. Era para a visitante a absorção final de todos os poderes da inocente bruxa. E certa de que estava sendo salva, Teresa se entregou ao feitiço da bruxa ambiciosa.

O aparelho em que Teresa estava ligada disparou, indicando que a vida deixava aquele corpo tão sofrido. Os médicos correram para salvá-la. Foram o mais rápido que puderam. Mas só conseguiram encontrar no quarto um corpo já sem vida, e uma moça que chorava desesperadamente a morte da amiga recém encontrada. O que mais surpreendeu os médicos, foi o fato de o corpo sem vida ser da moça que visitava a enferma. Enquanto a paciente na UTI estava viva chorando a morte da amiga que não via há cinco anos.

A MELHOR ESCOLHA

Daniele Pereira

Ninguém foge das teias do destino e blábláblá, ouvi em toda a minha existência: o universo conspira com as suas decisões e te joga em diversas situações diferentes, e tudo termina como teria que ser.

Sempre desconfiei dessa ideia, não foi o universo ou destino que me impulsionou a aceitar o convite, eu mesma aceitei e assumo as consequências dos meus atos, ou esperava que eles me deixassem receber as consequências.

O problema, o grande problema é que desperto algumas sensações, uma delas é proteção, não é que eu queira isso, mas não consigo evitar, as vezes tento fugir, ser uma pessoa grossa, truculenta, porém na verdade minha essência é tranquila, gosto de aproveitar uma boa companhia e olhar nos olhos, tentar enxergar a alma dos outros, isso é um grande problema, por que sempre, sempre sou mal interpretada. Enxergo demais, leio demais com os olhos.

O erro foi aceitar o convite do amigo, no primeiro momento, não vi problema, mais uma vez não foi o destino, eu aceitei, eu quis. Sinto raiva quando desperto cuidado, sinto raiva quando sou a única responsável e pessoas tentam se culpar para que eu não me sinta.

Ah! Os homens da minha vida... Cada um tentando me proteger, tentando me manter no pedestal como se eu fosse uma deusa que precisa ser cuidada, adorada e ornamentada, eles retiram a minha culpa e a coloca sobre eles, um por ter me deixado, outro por ter se aproximado demais. Eles não entendem ou não querem admitir, mas tenho garras, sei me

defender e quero pagar pelos meus erros. Não traí ninguém, não é de minha natureza, mas tenho raiva nesse momento, raiva de mim, por ter aceitado o convite, por ter lido os olhos e por ter sido pega por aquele sorriso.

Vivo um dilema, gosto de quem eu sou quando estou com eles, mas para entender é necessário voltarmos no tempo, no início de tudo. Namoro alguém, ou melhor namorava, ele decidiu partir e queria que eu fosse com ele, disse não, não mudaria de estado por alguém que não fosse eu mesma, estou bem aqui. Então nos afastamos, sem terminar e sem estar junto. Ele se foi e eu fiquei. Nesse meio termo, meu amigo, grande amigo, na verdade se aproximou mais, percebi que ele me fazia feliz, por esta razão vivíamos grudados.

Houve um telefonema, um pedido de desculpa por ter partido. De novo me tratou como uma santa, de novo tomando uma culpa que não era dele, eu não quis ir, eu o deixei à vontade para seguir seu caminho, mas ouvi um EU TE AMO, fiquei perturbada e desliguei sem dizer nada. Contei ao meu amigo que transferiu a culpa ao universo, novidade né?

Nesse tempo, houve um convite, uma viagem de apenas um dia, um dia apenas em um contexto diferente foi capaz de mostrar o que era óbvio: estávamos nos apaixonando. Em um dado momento nos abraçamos sem malícia, o problema foi depois disso, depois de nos sentirmos bem, nossos olhares falaram a mesma língua e nossos lábios se encontraram. Foi o beijo mais sereno e envolvente que já provei. Mas senti culpa, e mais uma vez ele a assumiu por mim. Me contive, não quis estragar o momento. Apenas fugi, eu sei quando é preciso fugir e me afastar, então foi o que fiz.

Contei tudo ao que estava distante, que assumiu a culpa dizendo que não estava presente, contei ao meu amigo e ele assumiu a culpa por estar presente demais. Por tudo isso, escolhi me afastar dos dois e preferi a mim. Sei que poderia ter vivido um amor e tudo mais, mas preferi a mim, meus erros e minhas escolhas e estou bem com isso.

DOIS MUNDOS

Nilson Rutizat

A vida é um livro gigante de personagens já prontos. Quando nasce uma nova criança, um perfil para ela já está escrito. Vai estudar para ter um bom emprego e construir uma família. E existe uma grande retaliação contra as pessoas que se negam a seguir esse roteiro pré-existente. São consideradas estranhas. Perversas. Abominação. Quem nunca ouviu falar de uma tragédia tendo como vítimas mulheres, gays, negros, bruxos...? E o que essas pessoas fizeram foi apenas tentar fugir do roteiro de vida imposto a elas.

Isso acontece porque a sociedade há séculos aprendeu olhar apenas para frente, e isso não é uma metáfora para indicar que o olhar está voltado para o futuro. Não. Olhar para frente, no sentido literal, ignorando tudo o que está fora do campo de visão. E abominando o que ainda não compreende. Tudo o que não se pode ver e muito menos explicar, a sociedade condena. Por medo, talvez. Ou por arrogância. Quando eles não sabem sobre algo dizem simplesmente que não existe. E essa explicação deve bastar. Afinal, é muito mais cômodo e seguro trilhar os caminhos já percorridos e conhecidos.

Ao mesmo tempo em que as pessoas condenam a existência do que consideram fantasias, como bruxos, duendes e fadas, adoram deuses muito mais absurdos. Criam e pregam um céu que as pessoas em seu estado normal (mas o que é mesmo ser normal?) não acreditariam. Falam e amedrontam crianças e adultos com histórias de inferno e purgatório. Mas não acreditam e até riem da cara das pessoas que falam que podem entrar em contato com o mundo dos espíritos.

Mas ela via espíritos, pessoas que ninguém mais conseguia ver. De tanto ser taxada de mentirosa parou de dizer às pessoas o que via. Exceto a Daniele, a sua professora favorita, que lhe ouvia com atenção e nunca desacreditava do que ela falava. Daniele não duvidava de nada, pelo contrário, seus olhos se enchiam de um brilho inexplicável quando, entre uma aula e outra, Teresa lhe contava de suas visões e das sensações que tinha: calafrios e calores repentinos e passageiros. Inclusive, conseguia sentir com antecedência quando algo grave iria acontecer.

Sua professora de português, amante dos contos e romances de terror, de nada duvidava. Apenas se deliciava com as narrativas da menina. No entanto, ao mesmo tempo em que gostava das histórias, preocupava-se com Teresa. Há um ano a menina estudava na ECIT Chiquinho Cartaxo e não havia se enturmado, conversava apenas com Léo. Na hora das refeições se servia e sentava em algum canto da escola com Léo. Daniele se preocupava com a saúde de Teresa e, por isso, conversou com a direção da escola, que orientou uma consulta psicológica para a estudante. Ela não só se negou a falar com o psicólogo como se afastou da professora.

- Por que Daniele tinha que fazer aquilo com ela justamente naquele dia? – pensava Teresa – justo no seu aniversário. Não almoçou. E no horário de almoço se escondeu na rampa que dava acesso à biblioteca a fim de ficar sozinha. Mas os gritos em sua cabeça não a deixavam em paz. Gritavam: - Salve-se! Salve-se! – E ela só chorava. Todas as pessoas que amava eram tiradas dela. Primeiro tinha sido Jane, não a via a cinco anos, depois do ocorrido no aniversário delas, quando deu uma mordida na amiga. Ela não entendia porque tinha feito aquilo. Pensou na amiga e lembrou que aquele dia também era o aniversário de Jane. As duas nasceram no mesmo dia, mês e ano. Estavam completando 18 anos.

Teresa conseguiu calar as vozes em sua cabeça e voltou para sala de aula. Não conseguiu se concentrar. As lembranças de Jane lhe tomaram toda visão, invadiram seu cérebro. Moravam na mesma cidade e estavam há cinco anos sem se ver. E Sousa, a cidade onde elas moravam, nem era grande. Mas um misto de vergonha e culpa lhe impedia de procurar a amiga. Não sabia o que a tinha feito provocar a mordida, mas se sentia culpada e envergonhada com aquilo, além disso, suas famílias preferiam que elas não se vissem mais. E assim foi feito. Naquele dia, completava exatos cinco anos que elas não se falavam.

Tinha ficado as boas lembranças delas crianças correndo nas ruas sem calçamento do bairro Sorrilândia I e dos primeiros anos de estudo na Escola Celso Mariz. Percebendo que Teresa não estava bem, Léo conversava com a amiga, e levou uma bronca da professora Daniele. Tal atitude da professora só fez aumentar em Teresa a tristeza. São elos que se rompem e as pessoas acabam não percebendo. O mundo é cheio de elos entre pessoas, entre mundos, entre a natureza. Alguns desses elos as pessoas nem percebem e não há dor quando se rompem. Enquanto outros elos ao se romperem acabam levando de uma das partes um pedaço enorme de sua alma, o que causa uma enorme ferida.

Por ter sua alma partida naquela tarde, Teresa mergulhou numa profundidade desconhecida de seu ser, e lá só encontrou dor e escuridão. Não sabendo lidar com tanta dor e vazio, mergulhou mais fundo em sua mente e se viu diferente do que era. Ao abrir os olhos, já a caminho de casa, na praça do Bom Jesus, viu um portal que se abria bem onde construíram uma estátua para homenagear o milagre eucarístico. Diziam os moradores de Sousa que nesse exato lugar foi encontrado uma hóstia em cima de gramas bem verdes, na época da seca. E a única grama verde era a que estava em torno da hóstia.

Teresa estava sentada no banco da praça bem de frente da estátua, onde sentava todos os dias para esperar o ônibus que lhe levaria para casa, no bairro do Mutirão. Olhou ao redor da praça, pessoas caminhando, outras embarcando em ônibus, algumas pessoas sentadas rindo. E todos ignoravam aquele portal aberto do lado da estátua. Do portal uma mulher jovem saiu, de vestido longo, azul, um véu branco sob os cabelos e descalça. A mulher veio ao encontro de Teresa e sentou-se ao seu lado. Aproximando-se do ouvido da menina lhe disse em sussurro.

- Sua vida está em perigo, bruxa! – Teresa quis correr, mas estava paralisada. Era como se estivesse em um pesadelo e não pudesse acordar. Então a mulher lhe contou de um plano que envolvia Jane e a tia, um plano de drenar todos os poderes de Teresa. – Você é uma bruxa – cochichou a voz. Não podendo correr, Teresa, resolveu falar. Não era a primeira vez que falava com um espírito. Mas sempre que isso acontecia, ela tinha muito medo. Nunca iria se acostumar a ver o que os outros não viam.

Aran, esse era o nome da mulher, explicou que vivia do outro lado do portal para onde iam as bruxas depois da morte. E o que os sousenses consideravam um milagre era apenas o local de um portal secreto, o único mortal que havia tomado conhecimento desse portal tinha sido Frei Damião, mas o segredo havia morrido com ele. Era de extrema importância que Teresa jamais contasse sobre o portal. De repente Teresa desperta com a buzina do ônibus e os gritos do motorista: - Vamos, menina, tá dormindo?

Ela sentou do lado da janela. O percurso do centro até o bairro do mutirão não era longo, uns 15 minutos, contando com o tempo das paradas. Mas foi tempo suficiente para Teresa ligar alguns pontos. Lembrou-se de quando tinha 7 anos, quando viu sua avó vir se despedir dela. No dia seguinte, sua avó morreu. E se recordou de quando a tia de Jane lhe fazia beber chás estranhos. E pensou no dia da mordida, seu aniversário de 15 anos, e em sua mente veio nítida a imagem da tia de Jane lhe oferecendo um brigadeiro. Sim, as duas estavam drenando seus poderes. Mais que poderes?

Até aquele dia o único poder que sabia ter era o de ver espírito. E quem iria querer essa maldição? O fato não era os seus poderes, era a traição, sua melhor amiga havia lhe traído. Não demorou e ela começou a desconsiderar tudo aquilo. A história era um absurdo. Ela bruxa? Que loucura! Tudo aquilo não tinha passado de uma vertigem por causa da fome. Um portal na praça do Bom Jesus? Uma maluquice. Sentiu saudades de Jane. Quis entrar em contato para desejar os parabéns a amiga.

Ao pegar o celular para falar com Jane, viu uma mensagem de Daniele. Ela não sabia mais o que sentia, todo o dia tinha sido tomada por um turbilhão de emoções, e acontecimentos bizarros rondavam sua cabeça. Considerou aceitar a ajuda da escola e falar com um psicólogo. Nada do que ela tinha vivido naquele fim de tarde fazia sentido. Antes que descesse do ônibus a raiva que estava da professora se foi, e ela respondeu com um obrigado e muitos emojis às felicitações de sua professora favorita. Tudo estava voltando ao normal. E agora, na porta de casa, ela só queria esquecer todos aqueles acontecimentos estranhos.

Ao entrar em sua casa foi surpreendida com um bolo e sua família na sala. Com a surpresa sentiu-se mal, e do lado do bolo a mulher que vira sair do portal, na Praça do Bom Jesus, ressurgiu e lhe disse uma única frase: - você precisa estar pronta! – a frase não lhe assustou. O que lhe atormentou foi ter que voltar a acreditar que nada do que vira na praça tinha sido fantasia. Ou era isso, ou estava ficando louca. Teresa, então, jogou a mochila da escola no chão e correu para o quarto, onde se trancou. Sua mãe guardou o bolo e não disse nada. Desde muito cedo aprendeu a lidar com as crises da filha. No dia seguinte, com certeza, ela acordaria bem e eles cantariam os parabéns. Afinal, ela só estava cansada, pois havia estudado a semana toda, até no sábado.

FELICIDADE OU APENAS ILUSÃO?

Daniele Pereira

"Mal posso esperar para chegar logo ao meu destino" Pensou a irresistível Amanda, que naquele momento embarcava para uma viagem incrível, iria conhecer Fernando de Noronha. Ela já fazia poses em frente ao espelho, mesmo antes de ter a certeza que iria viajar, e quando obteve o sim, pensava meticulosamente nas fotos que publicaria no Instagram e curtidas que iria receber. Quando chegou o grande dia... Não se conteve de tanta felicidade.

Ela tem um espirito aventureiro, é gentil e adora tudo o que é bom, de boa qualidade, ama coisas bonitas e luxuosas. Hoje não é conhecida por sua descrição, pelo contrário, ama a purpurina e todo o glamour que sente representar para os outros, com isso, ela sente que está acima do bem e do mal, tamanho é o seu poder de sedução. Consegue envolver homens e mulheres de forma que eles nem se dão conta.

Antes de todo o glamour e mesmo antes de possuir tantos zeros em sua conta bancaria, ela era alguém invisível, mas com o passar do tempo percebeu que teria que mudar sua forma de levar a vida. E pensou.... Deveria naquele momento ser outra pessoa.

Essa ação não foi a mais aceitável, mas foi o que lhe permitiu mudar, ela mudou e isso foi mais que suficiente. Se todos soubessem que ela vive de viagens caras e usa a sua imagem para conseguir o que quer de forma incorreta, pasmariam. Por esta razão, pouquíssimas pessoas sabem da vida dupla e como ela consegue isso e aquilo.

Ela vende o próprio corpo. Mas não se sente prostituta, ela escolhe a dedo com quem vai se envolver, não é qualquer um. E ela se sente cara, porque assim o é. Seu corpo charmoso encanta qualquer um e ela sabe disso, pois já se habituou a conseguir sempre o que quer, além do lindo corpo, tem as artimanhas de mulher que sabe prender o homem na palma de sua delicada mão.

Dessa vez, ela viajará só com as amigas, e sinceramente, adora estar rodeada delas, nem todos sabem o quanto ela se sente superior e mais bonita que as amigas, por isso tê-las por perto é algo que adora, não para tirá-las do tédio e sim para mostrar aos outros o quanto ela é poderosa.

Seu passado apagou, assim como um texto poético do escritor que decide que sua voz só pode ser ouvida por ele mesmo, assim ela deletou todas as fotos antigas, todas as mensagens. E agora propaga a imagem da Amanda que ela construiu. Ela sabe na pele o que é ser uma mulher invisível, sabe o que é passar sem ser notada e isso a machucava tanto que a fez mudar suas convicções e o que seria as "escolhas corretas." Talvez essa escolha a tenha tornado uma pessoa meticulosa, mas não se arrepende do que fez, e em momento algum quer voltar a ser quem era outrora.

Ao estar com as amigas ela se sente bem, o poder que exerce sobre elas a faz bem. E sempre consegue o que quer. Certa manhã, acordou com o celular da amiga, era um tal de Eric, Tifani estava ficando com ele, quando ela entendeu do que se tratava pensou rápido em uma forma de seduzi-lo, e conseguiu. Até hoje ele é perdidamente apaixonado por ela, e Tifani, coitada, a segue como uma fiel escudeira. Uma perfeita marionete.

Amanda é poder, é status, em aglomerações se sente como a reencarnação da própria Afrodite- linda e desejável. Porém, só ela sabe o vazio que sente quando está sem as amigas, somente ela sabe e conhece o que é a verdadeira solidão quando entra em seu quarto, pois lá no seu luxuoso quarto, ela chora, chora, pois se sente oca, imprestável. A tristeza é sua verdadeira companheira. Ela se pergunta: De que vale ganhar o mundo inteiro e não ter a verdadeira felicidade? Quanto a sua vida torpe... Não consegue largar, já foi longe demais.

É PRECISO ESQUECER

Nilson Rutizat

Sentei-me na sala em frente a tevê. Tinha acabado de chegar em casa e o sono ainda não tinha chegado em mim. No celular, uma mensagem de minha namorada perguntando se eu tinha chegado bem. A intenção da mensagem, no entanto, era saber se de fato eu teria chegado em casa. Eram três anos de namoro e eu conhecia muito bem os truques de Amália. Respondi com um vídeo que estava bem. Saber que eu estava em casa evitaria que ela ficasse conversando toda a madrugada. Eram quase 3 horas da manhã e eu só queria ficar sozinho.

Coloquei o celular sobre o braço do sofá e voltei à tevê, passei todos os canais e nada de interessante. Ainda pensei em assistir a alguma coisa na *Netflix*, mas com certeza eu dormiria. Acabei por concluir que não era uma boa ideia. Deitei-me então no sofá e fiquei vendo as fotos daquela noite de sábado com a galera. Amália parecia muito feliz, tinha conversado e sorrido bastante. E sempre que algum conhecido dela aparecia, que eu ainda não tinha conhecido pessoalmente, ela fazia questão de me apresentar. Passara toda a noite me exibindo como o seu troféu.

Como disse, eu conhecia todos os seus truques. Não me importava muito em ser mostrado dessa maneira. Era fim de ano e no bar muitas pessoas, parentes dela e amigos tanto meus como dela estavam ali pela primeira vez. Por muitas vezes, tanto ela me apresentava aos seus amigos como eu a apresentava aos meus amigos. Foi uma noite agradável. Demos grandes gargalhadas e ouvimos e contamos muitas histórias. Fixei meu olhar em uma foto em que Amália me beijava o rosto, dei zoom. Éramos um belo casal. Na foto, também estava Pedro, primo de Amália, e a namorada, Lourdes.

Fixei o olhar na fotografia. Eles também eram um lindo casal. Não sei porque decidi mandar a foto para Lourdes que me respondeu dizendo que ainda estava no bar com Pedro. Senti uma enorme vontade de voltar para lá, mas me contive. Eu era bom, muito bom em me conter. As pessoas sempre me diziam: - poxa, João, você é muito controlado, nada te irrita – irrita sim, eu pensava, mas desde muito cedo decidi guardar para mim meus pensamentos e meus desejos e sempre fui muito racional, tanto que às vezes tinha raiva de mim mesmo por isso.

Lembro-me que namorei Amália por mais de seis meses para aceitar que estávamos tendo um relacionamento sério. Ela nunca me pressionou, sempre soube aceitar o meu tempo das coisas e eu a amava por isso. E também porque ela era muita linda. E assim como ela aprendeu a me entender, eu aprendi a entendê-la. Mas dentro de mim alguns sentimentos amarrados pelos fios da razão, gritavam e tentavam a todo custo se libertarem. Vez por outra percebia que não era forte o suficiente para mantê-los e me preparava para quando fossem libertos.

Não me dei conta de como aquilo aconteceu. Acordei-me com o sol a iluminar meu rosto, olhei no celular do lado da cama, eram 8 horas e 22 minutos. Quando me virei, quase infarto ao ver, do meu lado na cama, Lourdes nua. Ela não se assustou tanto. Eu morava sozinho, tinha decidido por isso desde que comecei a trabalhar no meu primeiro emprego. Era para Amália ter ido dormir comigo, como sempre fazia. Mas por estar recebendo visita da família em casa, decidiu que dormir fora não era apropriado.

Como aquilo tinha acontecido? Lourdes mostrou-me as mensagens de nossa conversa e eu me lembrei de tudo. Tínhamos combinado. Na sala, ainda apagado, estava Pedro. Não conseguia acreditar no que tinha acontecido e o medo de que Pedro tivesse visto ou escutado eu com sua namorada me desesperava a alma. Não demorou e recebi uma ligação de Amália preocupada com seus hóspedes. Acordei Pedro, que tomou um banho e voltou para a casa da prima.

Salvei-me da desconfiança de Amália. E a expliquei que os dois apareceram muito bêbados e pedindo para dormirem na minha casa. Ela não quis muitas explicações e ficou por isso mesmo. No entanto, um desespero tomou conta de meu ser. Eu me lembrava de ter feito sexo com a namorada do primo da minha namorada. Tudo aquilo parecia muito errado e eu não conseguia lidar com mentiras. Vivia em suspense esperando que uma hora ou outra as versões das histórias se contradissessem e Amália descobrisse tudo.

Logo após o almoço de família na casa de Amália, Pedro me chamou para ir à minha casa buscar seu celular que havia ficado lá. Eu fui com o coração acelerado, com a certeza de que ele tinha me visto com sua namorada e queria tirar satisfação. No carro, muitas coisas se passavam em minha cabeça. Ao mesmo tempo em que pensava que ele sabia de tudo também pensava que ele não sabia de nada. A dúvida era o que mais me maltratava. O suspense instalado naquela situação ganhava mais força com o silêncio dele, que nem parecia o jovem simpático e risonho da noite anterior.

Abri a porta de casa ansioso. Como eu tinha me metido naquela confusão? Logo eu, pensava, que era tão racional. Fui para o quarto enquanto, no sofá, Pedro procurava seu celular. Vim feliz ao encontro dele perguntar se já havia encontrado o celular. Nem cheguei a perguntar, ele segurava o celular na mão e me chamando para ver algo, pediu que me sentasse do seu lado. Ao ver ele abrir a galeria do celular, tranquilizei-me, por certo, queria me mostrar as fotos da noite anterior.

Sentei-me ao seu lado com a respiração voltando ao normal, retomando todas as amarras dos meus sentimentos. Eu era muito bom em amarrar desejos, opiniões, medo, anseio... tinha me transformado num especialista em autocontrole e era justamente isso que me incomodava. Já havia passado por tentações maiores e havia resistido e não entendia como eu tinha caído tão fácil naquela situação. Eu até achava Lourdes linda, mas não me sentia tão atraído assim, a ponto de trair minha namorada. Essa culpa também me consumia.

Não era foto o que Pedro queria me mostrar. Era um vídeo. Mas não importava, uma coisa ou outra me deixava tranquilo. Ao abrir o vídeo eu quis me levantar, mas sem dizer nada Pedro me segurou pelo braço indicando que eu ficasse ali. Assustado, olhei para Pedro e disse que podia explicar. Como? Eu pensava. Eu não sabia, mas era isso que as pessoas diziam quando eram pegas no flagra. Nunca entendia porque as pessoas falavam que podiam explicar o que já estava nítido. No entanto, eu havia dito exatamente isso. Pedro colocou o dedo indicador em seus lábios pedindo silêncio com aquele gesto, eu obedeci.

No vídeo, Lourdes tirava a roupa dançando para mim. E eu já sem roupa na cama me excitava com a cena. Durante os quase cinco minutos do vídeo ficamos ali calados. Enquanto minha alma era consumida pelo medo e o desespero daquele silêncio. O vídeo terminou com Lourdes sobre mim em um vai e vem frenético. Pedro colocou o celular no braço do sofá e virou-se para mim. Novamente disse que podia explicar. Novamente ele pediu silêncio, só que agora o dedo indicador dele estava sobre os meus lábios. Enquanto sua mão sobre minha coxa me fazia experimentar o maior suspense da minha vida.

Ele retirou o dedo dos meus lábios e sua mão ainda em minha coxa fazia meu coração bater mais forte. Então ele aproximou seu rosto do meu e quis tocar seus lábios em minha boca. Eu tirei o rosto. Ele pegou seu celular, abriu o aplicativo de mensagens e selecionou o vídeo para enviar para Amália.

Com o celular diante dos meus olhos e com dedo no botão de enviar, aproximou novamente sua boca da minha e me beijou. Eu recebi seu beijo com um misto de medo, desespero e nojo. Mas a razão em minha cabeça gritava que era o que eu devia fazer para não perder o amor de minha vida.

Enquanto ele se despia diante de mim, eu sentia o desejo assustador de fugir ou de matá-lo. Não sabia como uma pessoa conseguia dominar tão bem outra sem ao menos dizer uma palavra. Nada fiz. Ele por outro lado fez tudo o quis. Despiu-me e beijou todo meu corpo. E enquanto ele fazia sexo oral em mim, eu peguei sobre o centro um jarro de vidro e bati em sua cabeça antes que ele gozasse. Senti um enorme prazer ao ver ele sagrando no chão da sala. Para mim, aquela imagem era mais agradável do que vê-lo me chupar enquanto se masturbava.

Os gemidos dele, fortes e abafados, anunciavam que ele tinha gozado. Ele então se afastou de mim e começou a se vestir. Meu olhar fixo no jarro de vidro sobre o centro me fez perceber que eu ainda conseguia ter autocontrole, e a imagem do corpo de Pedro caído no chão da sala ficou apenas em minha cabeça e no meu desejo aprisionado pelos fios da razão. Em minha mente, um misto de lembranças de prazer da noite anterior, repugnância do que tinha acontecido ali com Pedro e culpa por ter traído Amália me atormentava. E enquanto eu me vestia, Pedro me dizia as únicas palavras que falara durante toda aquela situação: - vai ficar tudo bem.

Não ia ficar tudo bem, disso eu sabia. Mas não respondi. Então Pedro voltou para casa de Amália enquanto fiquei sozinho com a culpa e a repugnância do que tinha acontecido. Sentia culpa por ter me deixado envolver com Lourdes e repugnância pelo que fizera Pedro. Mas tentei me convencer de que tudo iria passar, logo todos iriam e de novo seria Amália e eu, apenas nós dois. O que podia acontecer era eu perder minha amada. E tinha certeza que meu relacionamento estava seguro, mas a que custo? Não importava.

Dentro de mim, eu buscava mais uma caixinha na parte do esquecimento para guardar aquelas lembranças. Tão lotado estava meu esquecimento de coisas que devia, mas não tinha esquecido. Era inútil guardar lá as lembranças que me machucavam. Eu era forte e disso tinha certeza. A única coisa que poderia me fazer perder o controle era o desprezo de Amália e nunca deixaria isso acontecer. Era para ela o melhor namorado. Nunca brigamos nesses três anos de namoro e não foi por falta de motivos, Amália tinha muitos deles. Nunca brigamos porque assim decidi e por isso sempre me controlava quando ela estava com raiva.

Sozinho naquela casa, experimentei as piores sensações que um ser humano pode experimentar. Não saberia nunca explicar, nem que eu dominasse todos os idiomas do mundo conseguiria descrever o turbilhão de sentimentos e ressentimentos que invadia meu ser. Mas eu tinha uma âncora que me segurava na sanidade da vida e, apesar de tudo aquilo ter acontecido, eu sabia que nosso amor iria me curar. Sim, isso era certo, eu seria curado. Só precisava suportar Pedro e Lourdes por mais dois dias e tudo voltaria ao que era antes. Eu esqueceria tudo e com certeza sairia mais forte daquela situação.

Não sei porque eu aceitei o convite de Amália. Sentar à mesa com aqueles dois não me fazia bem. Mesmo assim, ali eu estava sentado tomando sorvete com dois psicopatas. Não fazia nem 24 horas que eu tinha sido usado e abusado por eles e, no entanto, os dois conversavam e riam como se nada tivesse acontecido. Uma indignação tomava conta de mim. Revoltado eu ria e conversava com eles como se tudo estivesse bem. E dizia a mim mesmo: - só mais dois dias. - Minhas caixinhas de esquecimento estouraram e voltaram todas de uma só vez as lembranças das múltiplas vezes em que fui abusado pelo meu padrasto. Levantei-me e sai.

Como sempre, Amália não me questionou, deixou que eu fosse. Ela era maravilhosa. Sabia quando eu não estava bem e deixava que eu procurasse meus refúgios. Quase sempre me refugiava em seus braços. Não naquele dia, quis ir para casa e ela aceitou. Eu não tinha mais controle de todas as lembranças, elas apunhalavam minha alma e quando eu olhava para Pedro via a imagem de meu Padrasto e em minha mente eu revivia os cinco anos em que fui por ele abusado sexualmente. Não era a primeira vez que essas lembranças me assombravam, mas eu sempre dizia: - Calma, João, isso já passou.

Eu sabia que estava mentindo para mim mesmo, e agora tinha certeza que não era passado. Em casa, sozinho, sentia ódio de mim mesmo. Eu poderia ter reagido e não ter deixado Pedro fazer aquilo comigo. O medo de perder Amália não justificava eu ter deixado ele fazer o que bem quis. Senti nojo do meu corpo. Embaixo do chuveiro tentei limpá-lo de toda a nojeira a que me tinham submetido. Gritei e esmurrei a parede até minhas mãos sangrarem. Todos os meus sentimentos que outrora encontravam-se amarrados pelos fios da razão, soltaram-se. Eu senti tudo de novo. A barba de meu padrasto arranhando o meu umbigo, e voltou em mim a mesma sensação de repugnância que eu senti outrora. Vomitei.

As lágrimas escorreram pelo meu rosto e se misturaram com o vômito em meu queixo. Tive ódio de mim mesmo por sentir que estava enganando Amália. O homem que ela tanto se orgulhava em dizer para todos que era seu namorado, não passava de um objeto sexual de pervertidos como meu padrasto e Pedro. Senti uma escuridão tomar conta do meu ser a cada cena de abuso que vinha a minha mente. E sucumbi ao me lembrar do primeiro dia em que fui abusado, eu tinha 11 anos.

Todos na sala aguardavam o jantar, enquanto eu brincava no meu quarto.

Voltei a esmurrar a parede do banheiro, quando me veio à mente a imagem dele abrindo a porta do quarto e depois fechando-a. Na sua mão uma faca afiada que eu supunha ser para cortar alguma coisa do jantar, nunca me passou pela cabeça que eu teria aquela faca em meu pescoço enquanto ele roçava seu membro nojento em minha bunda. Não suportei aquela situação e tentei me soltar, mas ele jurou me matar e a toda minha família. Eu tive medo. Fechei os olhos e esperei aquilo acabar. Vomitei quando senti escorrer por minhas pernas o gozo dele. Depois disso, virei seu objeto sexual, até quando com 16 anos fugi de casa e resolvi esquecer tudo.

Tinha esquecido, até agora. Não conseguia mais ver nada. Fui até a sacada do meu prédio no terceiro andar e esperei que toda aquela dor acabasse, não acabou. Saltei em busca da minha liberdade. A última coisa que me lembro foi de um som ensurdecedor. E depois disso, nada.

Acordei com um toque em minha mão, uma das poucas partes do meu corpo que não estava engessada. Amália gritou em meio ao choro: - ele acordou, ele acordou – algumas pessoas vestidas de branco entraram no quarto e vieram me examinar.

Após toda aquela movimentação, Amália me contou tudo, em meio a um misto de riso e choro. Falou-me do acidente que eu tivera há três meses. Disse-me que nunca perdera a esperança de que eu acordaria. Eu quis contar que não tinha sido acidente a minha queda da sacada. Mas de novo eu estava ancorado naquela vida feliz que eu tinha construído com ela. Resolvi então mandar aquele acontecimento para a caixa do esquecimento, onde eu guardava minhas piores lembranças. Na minha vida com a Amália só cabia os momentos felizes. Ali eu era seu namorado, o homem que ela tinha orgulho de chamar de seu. E isso bastava para mim.

PARALISIA

Daniele Pereira

Ela acordou ofegante às 3 horas da manhã, seu caso da noite passada ainda estava deitado ao seu lado, seus pensamentos não estavam alinhados, mal sabia o que estava fazendo naquele quarto de motel.

Com muita dificuldade tentou abrir os olhos, mal conseguia fazer tal esforço físico, sempre teve dificuldades para dormir, e confiar nas pessoas era algo impossível para a pequena Any que viveu toda a sua infância em um verdadeiro inferno. Filha de pai alcóolatra e mãe prostituta, desde cedo aprendeu a viver sozinha e entendeu que confiar era algo inadmissível, que sempre daria errado e assim a pequena criança tornara-se uma atraente mulher.

Conhecedora de suas artimanhas femininas Any sabia conquistar o que queria, por esta razão vivia sua vida cara à custa de homens ricos e poderosos. Mas, ninguém conhecia o vazio que ela sentia, ninguém conhecia os pensamentos tortuosos que a atraente Any fazia crescer no íntimo de sua alma.

Por esta razão, fazia da bebida a sua parceira de vida e das drogas sua grande amiga. Se pudesse, caro leitor compará-la a alguém esse seria Lord Byron, aventureiro, orgulhoso, irreverente, melancólico, misterioso e conquistador que desafiava as convenções morais e religiosas da sociedade. E assim como Byron, uma aura de mito foi sendo criada em torno do nome de Any Saltman.

Cercada pelos sete pecados capitais, Any era a luxuria personificada, mesmo não tendo religião ela acreditava em céu e inferno, de tal modo sabia que o lugar de fogo e enxofre seria sua morada eterna.

Não se pode dizer que o estilo de vida da pequena garota não teve resquícios de sua torpe família. Mesmo quando pensou ter encontrado um lar feliz, a garota de 11 anos teve sua virgindade "arrancada" por aquele que dizia ter encontrado uma filha. Triste fim. Suja, sentindo-se a escória da humanidade, a garota fugiu e aprendeu a usar seu corpo em "benefício próprio".

Mas, deitada naquela cama de motel, a avassaladora e sensual Any sentia-se como a garota de outrora: suja, indefessa e inocente. E o homem com quem acabara de transar não sabia sequer o seu nome.

Não podia se mover, não conseguia mais respirar era como se o sopro de vida indigno que lhe foi dado fosse sugado por algo. Uma presença maligna era cada vez mais forte naquele cubículo.

Pensou em gritar, quem sabe aquele homem desconhecido poderia ajudá-la. Gritouuuuu! A voz não saía, como se suas cordas vocais nunca fizessem parte do seu corpo. Pensou... que triste fim para a sua vida leviana.

Com um esforço tremendo conseguiu abrir os olhos, pairando-os sobre o pequeno quarto de motel, ao erguê-los para o espelho, teve a pior experiência de sua medíocre vida, um ser sobrenatural estava sobre seu corpo.

Any não estava no **REM** ou Rapid Eye Moviment como os especialistas do sono afirmam ser um dos estados do sono onde ocorre os sonhos mais vívidos, caracterizado por rápidos movimentos aleatórios dos olhos e paralisia dos músculos, para que não interpretemos o sonho. Era real, era infernalmente real.

O Clonazepam não mais servia, mesmo fazendo uso oral ininterrupto, acredito ser graças ao álcool e uso constante de drogas. Naquele quarto era apenas ela e aquele demônio horrendo. Não era nada parecido com a tela pintada por Henry Fuseli, onde ele fez uma representação da paralisia do sono. O globo ocular da pequena Any era o reflexo do pavor e do espanto, tentou pensar em algo bom e fugir daquele lugar terrível, não! Não consegui lembrança sequer de algo que lhe representasse o bom, o agradável.

Sem perspectiva de sucesso, a vaidosa Any encara o seu demônio olho no olho e teve a revelação final, ele veio buscá-la. Pouco a pouco a vida se esvai, como uma centelha apagando, até não sobrar mais nada...

EU TAMBÉM JÁ FUI MENINO

Nilson Rutizat

Ei, menino, sabia que eu também já fui menino? Não tão popular assim como você, também não era bonitinho. Sim, eu fui menino. Mas um daqueles gordinhos, cabeçudos, desengonçados que não sabia jogar bola, nem dançar, nem cantar, muito menos sabia me enturmar com os meninos comuns. Eu não era como todos, disso eu sabia. E acabava que depois da aula, todos os dias, eu não ia brincar como os outros meninos faziam. No quarto, eu me trancava e ia ler histórias. Ali eu me sentia bem, pois podia viver todas as aventuras sem que alguém me apelidasse, sem que alguém gritasse que eu era feio e estranho.

Mas, menino, eu queria mesmo era estar na rua brincando, sendo criança, assim como você está fazendo. Não era que eu não gostasse de ler, eu adorava. Mas é que me faltava viver de verdade a minha infância. Desculpa, menino, estar falando essas coisas para você. Dentre todos os meninos que já conheci na vida, você foi o único que não me humilhou e que me deu ouvidos. Se eu for chato, fale-me. Eu não estou acostumado com gentileza.

E se eu exagerar no papo e conversar demais, também me avisa. Eu tenho uma vida toda de conversa que nunca tive com os amigos que nunca fiz. Nem sei o que se conversar com um menino. Vou, então, falar de mim. Sabe, essa palavra bullying que tanto se fala na escola? Eu acho que era isso o que eu sofria todos os dias, não só na escola, mas na rua, na praça, aonde quer que eu fosse. Eu não sei porque eles me odiavam tanto. Eu não sei se devo te contar isso, mas eu era muito infeliz.

Os livros e a comida eram as únicas coisas que pareciam fazer sentido na minha vida. E cada vez mais eu lia e comia. E experimentava momentos de felicidade. Eu era muito solitário, menino, tanto que às vezes saia na rua de propósito apenas para ser xingado. Os xingamentos me doíam, mas ainda era melhor que o vazio que consumia minha alma quando eu me isolava em meu quarto. Não vou mentir, eu conseguia até ter um certo carinho por alguns meninos, aqueles que me xingavam menos.

O que é isso em teu rosto, menino? Uma lágrima? Não chores. Eu não estou acostumado a ver manifestação de carinho por mim. Como você é diferente dos demais meninos que eu conheci. Se choras tanto, não vou mais te falar da minha desgraça, não quero que minhas vivências te façam sofrer assim como fizeram a mim. Vá para sua casa, menino. Não tenha medo, o mundo é todo seu. Não vou te dizer o que deve fazer, pois eu não sei. Só não seja como aqueles meninos que provocaram a minha morte. Vá. E obrigado por sua visita ao meu túmulo. Uma pena que você, menino, não pode me ouvir. Essa solidão da morte é cruel!

ATÉ QUE A MORTE NOS SEPARE

Daniele Pereira

Já era hora de levantar da cama, o despertador já havia disparado. Olhei em volta do quarto ele já não estava, lençóis dobrados, cheiro de lavanda no ar. Roupas separadas por cores, batons por marcas, tudo como ele gostava.

Como de costume já deveria estar chegando com o meu café e eu teria que esperar alguns segundos até ele entrar, disfarçar alegria, beijá-lo, enfim ir tomar meu banho. Único momento do dia que eu tinha só a mim, que tinha paz e que poderia fazer algo por mim mesma. Metodicamente, como uma oração, esse era sempre o início das manhãs dos meus dias.

Meus longos cabelos ruivos presos, maquiagem leve e perfume suave, assim seguíamos para o trabalho. Meu marido me deixava pontualmente às 8h da manhã e seguia para a sua empresa. Tudo na minha vida caminhava no seu curso normal.

- Você tem uma vida perfeita. Dizia-me Alice sempre quando saíamos da empresa para tomar café. Realmente eu tinha tudo o que a maioria das mulheres queria: bens materiais incontáveis, um trabalho que me estimulava a crescer profissionalmente e que via todos os meus potenciais, e é claro eu tinha o Ben, um marido amável e carinhoso, perfeito aos olhos do mundo e é claro da minha mãe que acreditava ter casado a filha com um príncipe encantado.

Pensei ter feito a escolha certa e passei os três últimos anos da minha vida casada com o incrível Ben Wilston. No início, eu realmente era feliz, mas agora sinto um vazio na alma. Até na cama, tudo é igual. É como se eu vivesse o mesmo dia eternamente.

Assim era a minha vida: trabalho, almoço com o chefe, chá da tarde com a minha mãe, jantar em lugares badalados da cidade, fins de semana na casa de praia. Tudo era exatamente igual, até que um dia o Ben não me acordou com beijos e não trouxe o meu café da manhã. Estranhei, mas senti paz. Fui ao banheiro e tomei um maravilhoso banho. Ao descer, dei de cara com o Ben na cozinha, ainda de pijama, sussurrando ao telefone. Ao me aproximar, ele se despediu e disse que retornaria mais tarde.

-Problemas na empresa, meu amor, mas não se preocupe- Disse isso com sua voz amável e doce. Levou-me ao trabalho como normalmente o fazia.

Ao chegar na empresa, fui informada pela minha secretaria que um cliente já estava à minha espera. Pedi que o conduzisse ao meu escritório.

Minutos depois, um homem alto, forte e envolvente entra. Fiquei encantada. Falamos de negócios, mas aos poucos a conversa se direcionava a minha vida. Sem pudor algum perguntou se eu era casada, sorri discretamente e disse que sim. Nossos olhos não se desgrudavam, uma energia muito forte nos envolvia, quando olhei no relógio, duas horas já haviam se passado. E eu teria que me despedir, pois tinha uma reunião.

Um aperto de mão simples me fez sentir emoções que há muito tempo não sentia. Remarcamos a conversa e fui até a sala de reuniões, meu chefe e todos os sócios da empresa já estavam à minha espera. Mais um cliente tinha fechado um negócio milionário. A empresa LuccasCor crescia e estávamos em um ano promissor.

Ao chegar em casa, Ben estava com o jantar à mesa, música suave, um bom vinho e eu só conseguia pensar no meu cliente. Estava tão excitada que fizemos amor ali mesmo. Me sentia triste por deixar esse sentimento germinar, porém queria revê-lo logo. Dormi rápido aquela noite e acordei com o Ben trazendo o café.

Na empresa, meu tão aguardado cliente já estava... Senti uma fúria, me senti mal, mas sentimento algum me privaria de estar com aquele homem mais uma vez. Entramos no escritório, tranquei a porta e ele assentiu como se gostasse do ato. Tentei ser profissional e conversar sobre o contrato, porém quando dei por mim senti suas mãos nas minhas, um calafrio me subiu a espinha e quando dei por mim, estava em seus braços sentindo aquele cheiro de macho alfa que nunca tinha provado.

Seus lábios esmagavam os meus em tal intensidade que nos beijamos tão loucamente a ponto de esquecer que estava no trabalho. Minutos depois... minha secretaria liga. Ofegante, atendi o telefone, meu chefe aguardava- me.

Cedi ao desejo, ao pecado, à lasciva. Provei do néctar igual a Francesca de Rimini, quando se apaixonou por Paolo e teve como sentença sua morte. Eu tinha recebido a minha sentença. O que faria ao ver Ben? Me sentia mal, minha razão gritava, porém, minha emoção impedia de ouvir qualquer súplica. Em meio a circunstância, me sentia realizada.

A única forma de acabar de uma vez com a situação era contar tudo e torcer para não acontecer o pior. Ao chegar em casa, não o encontrei, subi até o quarto e o Ben estava na banheira, sereno e relaxado. Esse era o momento propício, contei sobre a traição... queria acabar com a farsa, ao ouvir tudo atônito meu marido sentou na banheira... Depois de minutos em silêncio, Ben levanta, me beija na testa e diz: - fiz um juramento: na alegria ou na tristeza até que a morte nos separe.

JANTAR

Nilson Rutizat

Uma lágrima escorreu pelo meu rosto. Como eu tinha ódio de cortar cebola! Como eu tinha ódio de cozinhar! Limpei a lágrima e continuei picando a cebola com tanta raiva que sentia um enorme prazer em cada corte feito. Cheguei por várias vezes a imaginar que a cebola era minha vida, e com muita vontade eu a cortava, assim como faria com minha rotina. Enquanto me perdia na imaginação, o cheiro do arroz anunciava que já passara do tempo de desligar o fogo. "Dane-se", eu pensei, "que coma arroz queimado".

Desliguei o fogo, e mexendo o arroz percebi que não havia queimado. Em meu rosto uma mistura de lágrima, causada pela cebola e suor da quentura deixava-me mais irritada. Eu tinha 27 anos e estava de serva de um homem. Um maldito homem que sequer foi capaz de me dar filhos. Mas eu estava ali, fazendo o jantar dele. De repente pensei: "Por que estou fazendo isso?" E quem disse que encontrei resposta. E por não encontrar resposta a raiva em mim cresceu, comecei a resmungar. Um resmungo que nada dizia.

Refoguei a cebola. E com desprezo joguei os pedaços de frango na panela. Eu queria externar todo o meu desgosto, toda a minha raiva. Consegui apenas pequenas queimaduras com os respingos do óleo quente que me acertara. "INFERNO", gritei bem alto. O mais alto que consegui. Ele da sala perguntou se estava tudo bem. Eu disse que sim. Quando eu deveria ter dito que não estava nada bem. Deveria ter dito que eu era infeliz. E que não aguentava mais viver daquela maneira.

Não cheguei a dizer nada disso para ele. Na minha cabeça, porém, eu gritava para mim mesma: "Você não merece viver dessa maneira, rebele-se". Como? Eu não sabia. O chiado da panela de pressão aos poucos levava embora aqueles pensamentos ruins. E na pia, eu lavava as louças sujas do almoço. Não tinha tempo de fazer isso quando terminava de almoçar, pois tinha que voltar para o trabalho, onde exercia a função de gerente de vendas de uma distribuidora de bebidas. Lá eu me sentia realizada, era a melhor gerente de toda a região. Em casa, eu era apenas a esposa, ou melhor, a serva do meu marido.

Tirei a pressão da panela. E da sala o grito dele me pedindo que fizesse suco. QUE ÓDIO! Ele não me ajudava em nada. O ódio retornou em uma dose bem maior e tomou conta de todo o meu ser. Eu já tinha feito o suco. O que me incomodava era a mania dele de estar me mandando fazer as coisas. Como deixei minha vida chegar a isso? Na empresa, onde trabalho, há mulheres de 30 a 40 anos que vivem suas vidas independentes, vão a festas, viajam, namoram.... E há mulheres com menos de 25 anos, que são casadas, têm filhos e passeiam no parquinho da praça com suas crianças. E eu, o que tenho? Um marido preguiçoso e machista que me faz de sua serva.

O jantar estava pronto. E eu precisava de um banho. Queria tirar de mim o cheiro de alho e cebola. O gosto de tempero que ficava em meu suor. Eu queria jantar arrumada e cheirosa, sentir-me mulher. Meus pensamentos precisavam de calma. Só estava cansada, eu me dizia no chuveiro. Estava revoltada por que invejava as minhas colegas de trabalho. Mas cada pessoa tem sua vida e deve ser grata por ela. Eu era uma sortuda, pensava, tentando me conformar com o que tinha. Era casada, bem empregada. Eu era feliz. Toda noite eu tinha que me convencer da mesma coisa.

Voltei à cozinha, eu estava arrumada e cheirosa, disposta a ter um jantar agradável com meu esposo, regado de conversa e risadas. Perguntaria do dia dele e lhe contaria situações hilárias do meu trabalho. Mas ele já estava colocando seu prato na pia. Acabara de jantar. E eu o olhei com a maior certeza da vida de que eu estava tentando me enganar. Ele sequer teve a consideração de me esperar para jantarmos juntos. Justo o jantar que eu fiz sozinha. Sentei sozinha à mesa da cozinha, pois ele voltou para sala. E engoli a comida com grandes doses de raiva e desgosto. Um dia eu criaria coragem e iria embora, pensava enquanto jantava.

AMOR À MODA ANTIGA

Daniele Pereira

A minha vida se resumia em: manhãs de aulas, tardes de estudos, noites de introspecção. Assim seguia minha rotina. Ah! Minhas tardes eram brilhantes, devorava livros de romances e amava a forma como os finais trágicos me deixavam abalado, mas as personagens que evoluem na narrativa, essas prendem a minha atenção de tal forma que ajo como se as conhecessem, como se fizessem parte de quem eu sou.

Indiscutivelmente tudo era igual, a vida seguia como um trem que tem horário de saída e chegada na estação e assim eu estava feliz, ou ao menos pensava que isso era felicidade. Eu tinha paz, sossego e é claro os livros supriam qualquer necessidade que eu viesse a ter. O ódio eu conhecia através das personagens que o sentia, o amor por meio daqueles que o descreviam como um sentimento sublime de pura inquietação e prazer.

Meus pais preocupados com a falta de virilidade, presumiam que eu não me interessasse por mulheres, o que os preocupavam ao ponto de permitir noitadas e mais noitadas as quais eu jamais contestei, apenas os fazia pensar que eu me divertia, enquanto as achava tediosas, bebidas e mulheres pelas quais não interessava sequer saber os seus nomes. Um virgem de 17 anos, esse era eu até encontrá-la.

Minha mãe, uma mulher gentil e muito observadora, retorquiu em conversa com meu pai que eu precisava mesmo era viajar para o interior e apreciar a paisagem rural, ela queria que eu vivenciasse o *Carpe Diem* de encontro ao *Fugere Urbem*.

De tal modo, ela conseguiu convencer o meu pai que eu precisava desacelerar um pouco dos estudos e que uma viagem ao interior me faria muito bem.

Com tudo pronto, parti. Nossa casa ficava no alto de uma colina, realmente o ar fresco do campo me fez muito bem, mas contribuiu para o meu estado atual de sofrimento constante. Fui recebido pelos cuidadores da casa que me elogiaram por ter me tornado um homem tão bonito. Não tinha me dado conta, realmente eu era um homem muito atraente, olhando-me hoje, vejo o quanto minha fisionomia mudou drasticamente.

Instalei-me no meu antigo quarto que continuava com a sua decoração vitoriana. Após descansar da longa viagem decidi que caminhar pela floresta me faria muito bem. O que eu não sabia é que as idas a floresta seriam constantes graças ao prazer de vê-la. Segui o rio que me levou até uma casa um tanto modesta. Fiquei à espreita, minha curiosidade falou mais alto, dei a volta para visualizar melhor.

No alpendre dos fundos, uma rede de cambraia bordada abrigava alguém, senti como se estivesse embriagado pelo canto de uma sereia e cada vez me aproximava. Foi nesse momento que a vi: lânguida e molemente repousada na rede ela estava, seus pezinhos brancos balançavam de um lado para outro, pude perceber que sua pele alva era suave e seus cabelos eram negros iguais a escuridão. De relance, vi o seu corpo praticamente nu em uma camisola que mais parecia um nada, tamanha transparência me fez encarar suas auréolas redondas vívidas como se batessem continência para mim.

Eu, eu nunca tinha provado do néctar do prazer desgostoso que é se apaixonar, apaixonei-me por uma deusa, deusa da inquietude, do prazer, do fogo ardente que fazia até as minhas órbitas oculares queimarem tamanho desejo me proporcionava. Em um dado momento senti o meu membro enrijecer de tal forma que mal podia me conter. Que tamanho poder aquele ser angelical tinha sobre mim. A partir daquele momento deixei de ser eu mesmo e tornei-me um escravo de seus encantos.

Ao perceber o meu estado de excitação, ela deu um sorriso um tanto petulante, os seus dentes mordiscavam os lábios deixando um ar incrivelmente misterioso, sensual e atraente. Oh! Deus, como eu queria não tê-la visto. Ela levou a mão até o seu seio nu, apalpando-o como se fosse um convite. Dei dois passos, senti meu corpo estremecer.

Mas ela retrucou-me com um gesto, permitindo-me que apenas observasse, enquanto ela passava suas suaves mãos sobre o seu doce corpo. Ao notar que eu estava a ponto de "explodir" ela parou e fitou-me com seus grandes olhos negros. Peguei meu bloco de anotações e deixei um recado, amassei o papel até se tornar uma bola perfeita e arremessei com uma pedrinha dentro da rede. Ela leu, assentiu com a cabeça e entrou.

Voltei para casa um tanto perturbado, não pude dormir e sequer me concentrei nas leituras. Fiquei esperando o tempo passar... queria vê-la novamente, saber mais sobre ela. Perguntei ao caseiro sobre quem morava na casa ao oeste do lago. Ele revelou-me que era um casal que havia se casado há um ano. Fui do céu ao inferno em fração de segundos. Como poderia ser casada e provocar-me daquele jeito?

Com uma mistura de sentimentos fui novamente espreitá-la, de pé no alpendre totalmente vestida (para minha infelicidade) e com um bloco de folhas brancas, começou a escrever, após fechou o papel e jogou próximo a mim. Foi assim que conversamos durante aqueles maravilhosos dias. No dia de minha partida, fui ao local de sempre para vê-la pela última vez, melhor teria sido se não tivesse ido procurá-la. Ela caminhava em minha direção e ao avistar-me correu e abraçou-me de uma forma tão viva que quase me faltou o ar, pela primeira vez senti o doce toque de sua pele ao roçar na minha.

Tomei grandes goles de prazer, fervendo e latejando nossos corpos uniram-se em um entoar de vai e vem tão frenético, penetrante e ensurdecedor de tal modo que nunca houve em toda a história uma união de amantes como a nossa.

E assim como o céu, eu conheci o inferno quando nossos corpos se separaram. Ela sendo casada não poderia jamais vir comigo e eu não poderia ficar com ela. Hoje em dia, minhas manhãs, tardes e noites têm o mesmo propósito: reviver no âmbito das lembranças a doce sensação do seu toque e seu beijo amargo e envolvente. Amar? Não consegui jamais conhecer mulher alguma que me fizesse esquecer o meu primeiro amor.

O VENEZUELANO

Nilson Rutizat

Eu achava que pelo menos as pessoas de Boa Vista conheciam Caripito. Algumas conheciam, mas para quem não conhecia nem adiantava eu dizer que ficava em Monagas. Para eles, Venezuela era como um estado só. Sabiam que tinha cidades, mas ignoravam as regiões, os estados. Também, o que queria eu informar para as pessoas que meu país era dividido em 23 estados, e que Caripito ficava em um deles, chamado Monagas? Dizer que eu era da Venezuela já era suficiente para eles.

Eu estava indo morar com meu pai em Belo Horizonte, onde ele trabalhava de jef de cocina haces unos dos años. As veces me perdia entre os idiomas e acabava falando algo que nem era espanhol e nem português, uma mistura, que mais tarde fiquei sabendo, era chamado portunhol. Pero essa minha confusão não se dava por falta de conhecimento, mas porque não estava habituado falar somente em português. Eu conhecia o idioma brasileiro, estudei por dois anos antes de vir para o Brasil.

Quando meu pai nos deixou na Venezuela, eu tinha apenas 16 anos e ele prometeu que mandaria me buscar quando eu completasse 18 anos. E ele cumpriu com sua promessa. Durante os dos años que ele trabajó en Brasil mandava todo mês dinheiro para gente, não era muito. Não no nosso país, pois as coisas estavam muito caras. Percebi depois de chegar no Brasil que se podia comprar bem mais coisas com bem menos dinheiro.

Cheguei na imigração em Boa Vista já com destino certo, diferente de milhares de outros que vieram comigo apenas fugindo, não eram todos de Caripito. Eles vinham de muitas partes da Venezuela e ficavam jogados em Boa Vista. Pero distinto de Venezuela, o gobierno de Brasil começou a dar assistência aos imigrantes, assim nos chamavam, e os mandaram para outros lugares no Brasil. Eu como já tinha destino certo não entrei nesse programa. Assim que fui liberado pela imigração, fui ao aeroporto e embarquei no avião.

Meu pai havia comprado para mim uma passagem de avião. Foi a primeira vez que voei e me senti livre, poderoso e muito metido, por estar voando no céu do Brasil. Apesar de ter gostado do voo, eu gostaria de ter ido de ônibus para conhecer mais lugares. Pero eu precisava chegar logo para trabalhar, meu pai me havia arrumado um emprego de ajudante de cozinha no mesmo restaurante em que trabalhava. Era meu primeiro emprego.

Ao desembarcar em Belo Horizonte, fiquei encantado com a cidade e queria que toda minha família estivesse ali. Liguei para minha mãe ainda no aeroporto falando das belezas do Brasil e de como eu estava feliz. Só deixei minha mãe ansiosa, pois ela seria a próxima a sair de Venezuela, só era preciso que alguém comprasse nossa casa. Mas ninguém queria, a cidade não tinha emprego e sempre que chovia, nossa casa enchia de água. Quem iria se interessar?

Fomos de táxi do aeroporto para onde meu pai morava. De fato, a cidade era linda. Mas à medida em que o táxi avançava, a cidade ia se entristecendo, no lugar dos grandes arranha-céus surgiam casebres e pequenos comércios, até que paramos em uma rua cheia desses comércios e meu pai entrou em uma porta que dava acesso para um primeiro andar em cima de uma pequena sorveteria. Dois pequenos cômodos num, uma tevê e um colchão de solteiro no chão, do lado uma pia pequena.

Entramos numa porta que deu acesso ao que deveria ser um quarto, o segundo cômodo, que mal cabia uma cama de solteiro e uma cômoda.

Meu pai já havia desocupado o quarto para mim e agora iria descansar de seus longos dias de trabalho naquele colchão em frente a tevê. Senti uma angústia enorme ao ver aquela situação, e meu pai percebendo em meu rosto a decepção, dijo:

- A cá tenemos trabajo, hijo – e colocando minhas coisas sobre a cama, despediu-se, pois precisava voltar ao trabalho.

- Hasta pronto, hijo! – falou com a satisfação de se ver entendido em seu próprio idioma.

- Hasta pronto, papa! – lhe respondi.

Eu estava muito cansado. Já eram quase 10 horas da noite. Liguei a tevê e fiquei a ver os programas brasileiros para me familiarizar ainda mais com o idioma. Meu pai retornou meia noite e meia trazendo uma comida para mim. Comi como se estivesse a um ano sem comer. E depois capotei. No dia seguinte meu pai me mostraria a cidade e o meu local de trabalho.

Acordei antes das 7 horas, mas não acordei meu pai. Fui para frente da quitinete ver as pessoas passarem. Eu estava descobrindo um novo mundo, não tão diferente assim do meu. Mas era outro país e isso era suficiente para me deixar feliz. Não sei quanto tempo fiquei ali vendo as pessoas irem e virem, só me dei conta do tempo quanto meu pai gritou pelo meu nome. Ele fez qualquer coisa para a gente comer e fomos para o restaurante.

Era um enorme restaurante, "Tempero Nordestino" era o nome. Meu pai me explicou que se tratava de uma culinária de uma região do Brasil apreciada em todos os estados. Mostrou-me a cozinha e disse que eu não me preocupasse, pois ele estaria lá do meu lado. Mas eu queria falar com brasileiros, mostrar que eu sabia falar português, perguntar como fazia para me divertir. Eu tinha 18 anos e queria viver.

Poucas vezes saí desse bairro, o dinheiro que ganhamos temos que mandar quase todo para Venezuela. O Brasil para mim limitou-se a uma pequena parte da capital de Minas Gerais. Não namoro, poucas vezes transei. E passo os meus dias na cozinha do "Tempero Nordestino" e no meu quarto. E a única diversão que meu dinheiro deu para bancar foi a internet, por isso, que o sexo que tenho feito ultimamente, foi lá, online, pela internet. Vivo em função da Venezuela e não importa se eu esteja lá ou no Brasil.

Os bailes de funk, o carnaval, os grandes shows de cantantes brasileños que muitas veces em meu quarto diria que ia, ficou apenas em meu sonho. No dia a dia da minha rotina fui descobrindo que não tinha vindo para o Brasil viver, mas apenas sobreviver. A ilusão que eu trouxe na bagagem chamando de sonho foi se esvaindo e eu aceitando que era apenas o estrangeiro, o empregado estrangeiro.

Os americanos e europeus que frequentavam o restaurante, eram gringos. Uma vez, uma colega de trabalho me explicou que gringo era todas as pessoas que vinham de outros países, mas eu estranhava. Eram gringos, para os brasileiros daquele restaurante, apenas os que gastavam dinheiro, os que consumiam, nós éramos apenas a mão de obra. Senti-me fora do meu mundo. E fui aprendendo a duras perdas o que era ser um trabalhador assalariado no Brasil.

Não me orgulho de ter deixado meu país, nem sou feliz aqui. Se fico em Minas Gerais é porque minha família precisa de mim. Pero voy a regressar a Venezuela tan pronto se mejoras las cosas. Em meu país pelo menos eu tinha história, tinha do que me orgulhar. Aqui as pessoas me olham como se eu estivesse roubando o emprego de algum brasileiro preguiçoso que não se interessou pela vaga que eu ocupo. Gracías, Brazil, pero soy venezolano. E deve ser por isso que sou estrangeiro aqui e nunca gringo.

UM DUELO EM MIM

Daniele Pereira

Ela estava quieta, sentada em frente ao espelho penteava os longos cabelos ruivos. Sua fisionomia estava um tanto distante, por esta razão a ação de vai e vem da escova era um tanto despreocupada.

Aos poucos, inúmeras rugazinhas formavam-se ao redor dos seus olhos claros, o que deixava um ar de inquietação e preocupação. Ora calma, ora inquieta, ela se permitiu viver aquele instante. Quando de repente a voz da Razão ecoou:

- Por mais que você ache que existe amor é simplesmente amizade... – E enquanto a Razão tentava explicar, o Coração tomou a fala, e como sempre, quer se sair bem em todas as situações.

- Perceba meu caro, - Com ar de superioridade- tenho razão (não se ofenda) – E enquanto dizia isso, sorria ironicamente. – Sou eu quem participa ativamente dos encontros entre os dois, sou eu que sinto um borbulhar de emoções quando ele a chama pelo nome, eu sinto o doce cheiro do perfume que ele exala.

- Como sempre, o coração idealiza coisas que não têm nada a ver com a situação, está na hora de parar de acreditar em contos de fada e crescer. Não és o cúpido.

- Você é muito ranzinza e rabugenta, nunca soube o que é viver na berlinda, nem nunca saberá o que é o amor. Eu sou intenso em tudo o que faço, se amo é para valer e se odeio...

- Ah! Coração, quão tolo és, você parece mais o Pestinha querendo pregar peças, CRESÇA!

- A forma como eu vivo te incomoda Razão, pois sempre você se diz dona da verdade e clareza, porém comete tantos erros quanto eu.

- Você sempre a coloca em perigo ou se esqueceu da última vez que a obrigou a pensar que estava apaixonada e que era correspondida? Você a fez me trancafiar em uma cela impedindo-me de dizer que na verdade não existia amor e sim interesse, como resultado da sua inconsequência ela ficou com a conta bancaria zerada e vários meses de terapia. E agora mais uma vez quer enganá-la. Fique à vontade para me chamar de rabugenta, mas o que está em jogo é a vida e o bem-estar da nossa hospedeira.

Enquanto a Razão e o Coração discutiam para saber qual deles tinha a verdade, a jovem ouvia tudo atônita, talvez, um pouco zonza já que os dois gritavam em seus ouvidos, como se fossem o bem e o mal - forças antagônicas que quisessem consumi-la.

De certo modo, ela quis colocar ordem, e mesmo sem entender direito sugeriu que cada um apontasse argumentos que a levassem a tomar a decisão certa, já que um romance poderia acontecer ou a amizade de longa data estava prestes a acabar. Concordando ou não, as duas vozes dentro de si assentiram e cada uma foi reunir lembranças para trazer à tona a verdade.

A Razão deixou o tolo coração iniciar, e como advogados assumiram os seus postos, cada qual cheio de suposições e argumentos para convencer a jovem. Como um narrador o Coração falou:

- Tudo começou quando eles se conheceram naquele terrível acidente. Desde o dia que os seus olhos se cruzaram algo novo aconteceu, os dois se completam, se entendem, até mesmo quando nada falam. Eles não tinham percebido até então porque ela ainda namorava aquele cara chato, o que me deixou de mãos atadas. Em todo caso, ele a ama.

Mas passemos aos fatos: 1) no dia dos namorados ela recebeu uma caixa de bombons; 2) quando pode sempre está com ela, mantém contato visual, o que hoje em dia é bastante difícil, ah! E sempre existe toques, de mãos e abraços longos; 3) a última viagem: Ele a convidou para ir acampar. Foi o encontro mais romântico que já vi em toda a minha existência. Fogueira, um bom vinho e os sacos de dormir na barraca, em certo momento ele chega a ela e pede para dormirem juntos. Dividindo a mesma "cama" abraçados, sentem seus perfumes se entrelaçando e naquele momento, naquele perfeito momento eles são apenas um. – E concluiu sua fala- Minha cara Razão, NÃO PRECISO ACRESCENTAR MAIS NADA.

A Razão ouviu atenta a cada detalhe que o Coração relatava, sempre fazendo anotações para refutar a ordem linear da narrativa. Com o ar de superioridade e pensando ter o controle da situação a voz envolvente da Razão anunciou:

- Bom! Que você é o último romântico disso sabemos, mas o que importa aqui são argumentos e não idealizações. Irei direto ao ponto. Ele é gay... – O Coração abriu a boca com ar de espanto- é isso mesmo que vocês ouviram: ELE É GAY. O grande X da questão é que por medo ele não se assume, por medo prefere viver alheio a quem realmente é. Vive camuflado, se escondendo. Ele a ama, realmente a ama, mas não existe desejo.

Em certo ponto do discurso, a garota apresentou resquícios de que desmaiaria, sua visão turva denunciava o que se passava em sua mente e coração. Cambaleando sentou-se na cama, caindo aos poucos, estava tão exausta...

Eis que nesse momento o todo poderoso Subconsciente é acionado. E quem é a Razão e o Coração perto do mestre?

Apenas com um gesto, um gesto apenas e a Razão é trancada no lado esquerdo, já o coração é arremessado com fúria ao lado direito sem possibilidade de questionar nada.

Ele sim, tem todo o poder já que registra e comanda todas as emoções e memorias desde quando ela era apenas um bebê. A tudo ele controla- desde o sistema imunológico até o nervoso. Sentindo a autodestruição, ele que tem o poder da autopreservação levantou-se para guerrear contra os perigos externos e também para a proteger dela mesma. A conversa foi longa... E não me permitiu entender o que foi relatado. Mas só de ouvir a voz incompreensível arrepiei-me, senti um arrepio tremendo. E ela dormiu.

Ao acordar, estava muito diferente do que tinha sido outrora, não me autorizou espreitar seus pensamentos (por mais que eu a implorasse), a voz da Razão e do Coração já não eram ouvidas. Agora, ela era apenas ela. Levantou-se e saiu.

REVIRAVOLTAS

Nilson Rutizat

Sou aquele tipo de pessoa que é assombrada pelos pensamentos. E também pelas minhas recordações. Nada animador, não é mesmo, para você que começa a ler este conto? O que vou encontrar em um texto de um garoto problemático? Você deve estar se perguntando.

Bem, é simples, encontrarás aqui um desabafo, injusto, talvez, já que se trata apenas do meu ponto de vista sobre os fatos ocorridos em minha vida. Os julgamentos que aqui farei são de caráter pessoal e eu farei baseado nos meus princípios.

Hoje, 06 de agosto de 2018, eu tenho 28 anos. Moro na cidade de Sousa, alto sertão paraibano. Mas não é aqui nem agora que essa história começa. Até chegar a esse momento em que me encontro sentado em meu quarto, tomando uma xícara de café amargo e escrevendo sobre nada extraordinário, muitas coisas se passaram.

E só decidi escrever para vocês essa história porque a escrita é o único remédio para as minhas assombrações. Quando minhas lembranças me assombram, meus dedos ficam inquietos, são meus fantasmas querendo se libertarem por meio das palavras e eu geralmente liberto todos os que eu posso.

Prepare-se, caro leitor, para conhecer uma vila isolada no meio de uma floresta, no interior do Maranhão. O ano era de 2003, e eu tinha apenas 13 anos. Antes disso, creio que não vale a pena escrever, pois nenhum fantasma de antes de meus 13 anos voltou para me assombrar.

No entanto, parece que todos esperavam o meu décimo terceiro aniversário para aparecer, pois foi quando todos vieram me visitar. Não tinha o que fazer para livrar-me deles, a única alternativa foi enfrentá-los. Não posso dizer que os venci, uma vez que eles estão aqui o tempo todo em minha cabeça.

Mas deixemos de papo fiado e vamos aos fatos. Eu sempre tive por minha mãe uma enorme admiração. O jeito duro dela de lidar com os problemas da vida me inspirava, eu sempre quis ser como ela: forte e sem nenhum medo. Por vezes as pessoas a elogiavam e em inúmeras vezes a criticavam, o fato é que eu não ligava nem para os elogios e muito menos para as críticas, meu olhar estava voltado simplesmente para a forma como ela lidava com tudo. Ela parecia inatingível.

Lembro-me de muitas situações protagonizadas por ela durante minha adolescência. E para todos os problemas ela tinha uma solução. Meu pai estava devendo umas diárias e estava doente, mas o homem não queria saber da situação dele, queria apenas que o serviço fosse feito. O serviço consistia em limpar o mato de uma roça de arroz, serviço considerado desgastante, por isso só podia ser feito por homem. Mas minha mãe não quis saber disso, pegou o cutelo e foi pagar as diárias. Ninguém acreditou ao vê-la indo para a roça com vários homens e apenas ela de mulher, porém ela foi e deu conta do serviço.

No entanto, esse seu jeito determinado e duro tinha suas consequências para nós, seus filhos. Éramos seis filhos todos criados dentro de suas regras e repreendidos duramente quando nos desviávamos delas. As punições de minha mãe incluíam castigos, que consistiam em não sair de casa e em fazer as tarefas domiciliares e também agressões físicas, ela nos batia com muita facilidade e até mesmo por motivos banais. Às vezes eu a odiava por isso. Nunca gostei de apanhar. O ódio era momentâneo, apesar de durona, minha mãe tinha seu carisma e se preocupava com seus filhos muito mais que com sua vida, isso era visível em tudo o que ela fazia. Até na sua respiração.

Desde criança eu busquei imitar esse seu jeito duro e bruto e consegui tão bem absorver isso que aos 13 anos eu já a enfrentava. E foi nessa época que proibi tanto minha mãe quanto meu pai de consumirem bebidas alcoólicas dentro de casa. Esse meu atrevimento me rendeu inúmeras "pisas", mas minha mãe percebeu que me bater não ia me impedir de continuar derramando todas as bebidas alcoólicas que eles traziam para dentro de casa. O único meio de me vencer era me matando e ela jamais seria capaz de fazer isso. Quando ela percebeu que me bater não estava mais dando certo, começou a esconder a bebida próximo de casa e quando queria beber saia e ia lá onde estava o litro, bebia e voltava.

Infelizmente, eu já tinha decidido que não queria mais bebedeira na nossa casa. E sempre que eu percebia uma mudança no comportamento dela ou de meu pai, pois eles sempre mudavam quando bebiam, eu os seguia escondido e quando achava o esconderijo da bebida, esperava eles se afastarem e depois ia lá e derramava a bebida deles. Eles ignoravam isso, tenho certeza que eles sabiam que era eu quem derramava suas bebidas, mas no fundo eles sabiam que eu estava certo e querendo o bem deles.

Não posso jamais deixar de falar que minha mãe sempre foi uma mulher muito trabalhadora, nunca a vi reclamar de nada. Estava sempre muito disposta e sempre achava uma solução para tudo. Lembro-me quando alguém nos apelidava na rua, ela nos defendia. Se alguém nos batesse na rua ou na escola, ela nos defendia. Para ela nada era mais importante que seus filhos. E isso, era outra coisa nela que me encantava. Aquela mulher era minha heroína, minha fonte de inspiração e modelo de ser humano.

Meu pai, ao contrário, despertava em mim o sentimento de desgosto. Eu não me orgulhava em tê-lo como pai. Ele bebia muito todo tipo de bebida alcoólica e sempre que estava bêbado, abusava a todos: o povo da rua, minha mãe, os filhos e quem mais aparecessem. Por diversas vezes acompanhei minha mãe aos bares para buscá-lo e ele sempre a esculhambava, xingava ela de todos os nomes horríveis que ele conhecia. As pessoas já conheciam minha mãe e a admiravam muito, e por respeito a ela avisavam que meu pai estava bêbado e abusando nos bares e minha mãe ia buscá-lo.

Além de tudo isso, meu pai era muito preguiçoso e ruim para os filhos. Não dedicava a nós nem o amor e nem a repressão que nossa mãe dedicava. Eu não gostava do meu pai, talvez porque ele era o contrário de tudo aquilo que eu admirava. Eu admirava gente forte e corajosa, ele era frouxo. Eu admirava gente trabalhadora, ele era preguiçoso e muito lerdo. Gente lerda sempre me estressou desde quando eu ainda era uma criança.

Outra coisa que me estressava em meu pai era vê-lo gastando com bebidas o dinheiro de nossa alimentação. Ele não se preocupava com a gente como nossa mãe se preocupava. Não sentia nenhum amor vindo da parte dele, para mim ele era indiferente. E mais, todas as ofensas que ele me dirigia quando estava bêbedo ficavam guardadas em minha cabeça. Ele dizia que nós não íamos prestar, que não valíamos nada, que tínhamos puxado ao nosso avô materno. Quando o efeito do álcool passava, ele fingia que não se lembrava, mas eu guardava tudo, eu guardo tudo até hoje.

Vivi então dessa forma, por um lado admirando minha mãe e tentando absorver dela o seu jeito de ver a vida e de resolver seus problemas. Por outro lado, cresci repudiando a maneira de meu pai viver, seu comportamento repulsivo de bêbado e sua maneira lerda, preguiçosa e irresponsável de levar a vida. Essa minha maneira de ver meus pais mudou em 13 de abril de 2003, quando os dois me mostraram que eu não sabia nada da vida.

Minha mãe fugiu com seu amante e nos deixou com nosso pai. Ele apesar de decepcionado por ter perdido a mulher para outro, nunca nos abandonou, sempre esteve ao nosso lado. Tempos depois meu irmão cometeu suicídio, vivia dizendo que não suportava a vida que levávamos. Nunca se conformou de ter a família destroçada, e ao acabar com sua vida deixou em nossas vidas um vazio enorme.

Sofrimento, lutas e incertezas continuaram a aparecer em nossas vidas e nosso pai, àquele a quem tanto critiquei, não saiu do nosso lado. Pegou sua dor colocou não sei onde e dedicou todos os seus momentos a nos ajudar. Exceto os momentos em que afogava suas mágoas nas bebidas. Muitos vazios foram ficando em nossas vidas, menos o vazio da ausência de um pai. Ele sempre esteve presente e isso foi surpreendente. Ela, por outro lado, sempre esteve ausente e sua presença há muito tempo deixou de fazer falta.

METAMORFOSE

Daniele Pereira

Sinto falta de quem ela era e de como as coisas estavam. Tudo era muito simples. Ela vivia hesitante calculando suas ações para não magoar ninguém e estava bem com isso - uma constante calmaria vivendo na zona de conforto. Assim se encontrava. Não questionava, aceitava sem retrucar de tal forma que era boa demais aos olhos dos outros.

A "perfeitinha" que acreditava em tudo e jamais duvidava da palavra de ninguém. Ela confiava em contos de fada, também vislumbrava apenas a bondade no homem e pensava que no final do arco-íris encontraria a sua recompensa seguindo incessantemente sua busca pelo "pote de ouro".

Mas, eis que nessa calmaria ela escuta uma voz. Passam-se os dias, vem a primeira epifania... segunda... E cada vez mais ela ouvia a amarga voz que lhe abria os olhos. ENXERGUE! ENXERGUE! Gritava em seus ouvidos ao ponto de se fazer constante na vida daquela doce menina, dizendo coisas que até então passavam despercebidas.

Ela se decepcionou, pois descobriu que o arco-íris não tem fim e que por consequência do infinito não existe pote de ouro, sendo esse lindo fenômeno nada mais do que a luz solar refletida em uma gota de chuva passando a ter um comportamento prismal.

Aos poucos, a voz tornou-se a Voz e a menina passou a ouvi-la com mais frequência, mais eloquência e percebeu que no tom da Voz havia verdade e que queria tirar dos olhos da menina a ingenuidade que lhe proibia ver com clareza a realidade a sua volta. Como em um passe de mágica, a menina teve a sua "menarca" Transitou... Percebeu mudanças... Continuou... e tornou-se mulher.

A menina tornou-se MULHER! Sorriu. Chorou. Sentiu prazer. E essa transição trouxe um grande fardo pois, a Voz que antes alertava hoje a instiga, a provoca de tal modo que ela não pode mais voltar a zona de conforto, nem conseguiria, é tedioso demais. A Voz a fez e a faz questionar tudo até se desprender das amarras do passado.

Ficar parada, simplesmente imaginando mil possiblidades não é mais do seu feitio. O seu porto seguro agora, é optar pelo risco incerto do futuro. A Voz a convida para viver o grande talvez... ela a segue, não é que haja domínio e a mulher a siga obediente, e sim porque a Voz é intensa e quem a escuta muda completamente.

Hoje a mulher não busca nada mais que a realidade. Não a reconheço, nem ela mais se reconhece. É isso que a faz sentir tanto medo, e viver assim é perigoso de mais, por esta razão, sinto falta de como ela era antes e de como as coisas eram mais fáceis: acreditar e nunca desconfiar. Chego a uma conclusão, todavia sem ponto final: a Voz a libertou ou a prendeu no labirinto?

TRAVESTIDO

Nilson Rutizat

Você precisa saber da verdade, caro leitor. Eu contarei a você, antes que siga a leitura desse texto e se decepcione com a história que é aqui contada. A verdade é que sou um escritor medíocre, um péssimo contador de história. E por isso não deveria me atrever a contar essa grandiosa e dolorosa narrativa. Mas, caro leitor, infelizmente, foi a mim que essa história foi contada e cabe a mim contar a vocês.

Era um sábado, e ela estava comigo em um barzinho contando-me como estava superando uma separação. Como fomos parar ali? Não importa. Digo isso porque não me lembro bem como aconteceu, o que me lembro e muito bem, foi o que ela me contou. Disse-me que vivera por 8 anos com o seu namorado e que há 8 meses haviam se separado. E começou a me contar como estava sendo difícil lidar com tudo aquilo.

Ela precisava desabafar, logo percebi isso. E pus-me a ouvi-la. Entre uma lágrima e um gole de cerveja, ela me contava. Eram apaixonados. Viviam juntos há 8 anos, e o mais irônico é que tinha sido ela quem havia pedido a separação. Claro, alguns dias após pedir a separação ela o pediu para voltar, mas ele lhe disse não. E foi aí que seu sofrimento começou. Enquanto ela me contava, um fio de lágrima escorreu pelo seu rosto. Deduzi que ela ainda amava o ex-marido.

Dedução errada, como disse, caro leitor, sou medíocre. E naquele momento descobri também que era um péssimo observador. Mas que bom que ela me contou em detalhes, e espero que eu consiga trazer para vocês o sentimento que ela me mostrou. Disse-me que essa separação a levara ao fundo do poço. Já não sentia vontade de viver. Trabalhava o dia inteiro e quando chegava em casa não conseguia descansar. Era na casa da irmã, ou melhor, nos braços da irmã onde encontrava amparo.

Chegou um momento em que parecia que o mundo para ela não tinha mais nenhum significado. Quando ela me disse isso, pasmei. E ela não parava de deixar escorrer aquele fio de lágrima pelo seu rosto. Eu tentei consolá-la com palavras, dizendo que tudo ia ficar bem. Foi quando ela me disse que estava tudo bem. E me falou que não se permitia viver daquela maneira. Em frente ao espelho teve uma conversa com ela mesma e ordenou que ela saísse daquela situação, que reagisse. E assim fez.

Aliás, nunca vi na vida alguém tão forte quanto ela. Desde muito cedo teve que lutar pela vida. Foi obrigada a se superar dia após dia, tragédia após tragédia. E não pense, caro leitor, que essa superação parte de sua sexualidade, do fato dela ser um menino travestido de mulher. Quanto a sua sexualidade, foi normal, mas a vida, essa sim foi cruel com ela. Vamos chamá-la de K.

Ainda adolescente K foi obrigada a superar o suicídio do pai, morto por enforcamento. Essa foi uma tragédia em sua vida, pois o pai a amava muito e ela o amava muito também. Porém, independentemente do tamanho ou intensidade do amor deles, o suicídio é por si só uma ferida que não cicatriza. Por que eu sei disso? Também carrego aberta em mim essa ferida. Mas essa história não é sobre mim.

Quis mudar de assunto ao ver ela chorar tanto relembrando a morte do pai. Então levantamos e começamos a sambar, ela começou a sambar. Se eu não sei escrever tampouco sei sambar, meu jeito desengonçado serviu apenas para fazer K rir. Ao acabar a música ela sentou-se novamente, bebeu outro gole de cerveja e disse "A vida foi muito cruel comigo". Eu não podia discordar dela, não depois do que fiquei sabendo em seguida.

Ela continuou. Contou que foi morar com a mãe de seu pai, após a morte dele. Queria ajudá-la. O que aconteceu foi que as duas acabaram se ajudando. Sua avó foi uma mãe para ela, não que K não tivesse mãe. Ela tinha, e era linda, vaidosa. Mas sua mãe também achou uma boa ideia K ir viver com avó materna. No entanto, abalada pela morte do pai, ela se manteve perto de sua mãe.

Em muitas conversas com a mãe pediu que ela não a deixasse. Sua mãe prometeu nunca fazer o que o pai fizera. Disse ainda que seria mais provável matar alguém que cometer suicídio. Tais palavras acalmaram o coração de K que não percebia que a mãe seria capaz de deixá-la. Infelizmente, sua mãe também cometeu suicídio por enforcamento em um suporte de tevê. Quando K me falou isso repeti em meu pensamento a frase que ela havia me dito: A vida foi muito cruel com ela.

Vi seus olhos alagarem e pensei no quanto ela era forte, ou de como precisou ser forte. Não sei de fato no que pensei, só achei que ela era uma vencedora. A ferida que trago aberta em minha alma começou a sangrar. Baixei a cabeça e com o guardanapo enxuguei a lágrima que quis sair de meus olhos. Não me atreveria a chorar minhas mágoas diante de tamanha dor.

Enquanto eu enxugava a lágrima, ela disse em tom alto, que o que mais havia abalado ela tinha sido a morte de sua avó. A mesma com quem foi viver depois da morte do pai. Pasmei! Não conseguia acreditar como a vida tinha sido tão cruel com uma pessoa. Mas nada disse, apenas ouvi ela contar.

Ela narrou então o que sua avó dissera no hospital a todas as pessoas que iam visitá-la "Cuide de K, eu sei que eu vou morrer" inclusive, disse a K que a única coisa que a deixava triste em seu leito de morte era deixá-la sozinha. E numa noite em que K dava banho em sua avó, ouviu de novo a mesma conversa. Sua vó dizia que ia morrer e que ficava triste em ter que deixá-la sozinha. E de fato ela morreu. Mal concluiu a história, K começou a chorar.

E como se quisesse justificar o seu sofrimento pela separação, disse-me que conhecera seu ex nesse período e que ele havia lhe apoiado e lhe dado muita força. Na verdade, ele fora sua âncora por muito tempo e talvez por isso estivesse sendo muito difícil superá-lo. No entanto, todos os dias ela travestia a sua alma sofrida de alegria e entusiasmo e enfrentava a vida. Não um menino travestido de mulher, mas um ser sofrido travestido de força, superação e muita vontade de viver.

Saí dali com um nó na garganta e com uma enorme vontade de conhecer mais a sua história. Ela me falou que escrevia diários e até hoje estou ansioso em ler seus diários e fazer um passeio por sua alma.

O SE DE UM TALVEZ

Daniele Pereira

Ela era uma jovem diferente. Percebi isso assim que nos encontramos no momento do trote na universidade. Era tudo muito novo e o trote que fizeram com a gente foi apagar todas as luzes por 5 minutos. Bastou apenas 5 minutos para que eu a conhecesse.

No escuro, e sem querer, ela esbarrou em mim. Lembro-me como se fosse hoje... um cheiro amadeirado e relativamente doce. Desculpe-me! Ela disse em tom constrangido (fiquei encantado com sua voz) e antes que pudesse dizer mais alguma coisa perguntei qual era o seu curso. Letras! Respondeu um pouco aflita por estar conversando com um estranho, em um lugar ainda novo e no escuro. Sorri e disse em tom amável: muito prazer! seremos colegas de curso. Também farei Letras. Conversamos por alguns minutos... as luzes se ascenderam.

Em minha frente estava uma mulher de um sorriso tão bonito que fiquei desconcertado. Ela tinha algo diferente, mas naquele momento não pude compreender do que se tratava, mas sabia que ela não era como as outras. Antes que pudéssemos conversar mais, um grupinho a estava procurando, ela disse que precisava ir com eles. Quando deu as costas eu gritei! Você não me falou o seu nome... É Elisa, ela disse.

A partir daquela noite nos tornamos inseparáveis. Eu não conseguia ficar longe, então ficava esperando-a chegar e fingia que estava chegando naquela hora, ela sempre achava que era coincidência. Eu sentava por perto e nos intervalos sempre estávamos juntos. Aquele foi o início de uma amizade, amizade forte e intensa. Com o passar dos dias nosso ciclo de amigos cresceu, e ela estava encantada com duas colegas que rapidamente também se tornaram suas inseparáveis amigas. E eu? Bem, não fiquei para trás, éramos os quatros inseparáveis, até chegar o quinto, o quinto que apesar de ser meu conhecido a algum tempo e companheiro de baladas, mostrou-se estar interessado por Elisa e isso me deixou com raiva.

A Elisa tem um dom de extrair o melhor nas pessoas e inspira os outros a serem bons. Por mais que não gostasse de ver o Quinto se exibindo para ela, eu percebi que ela só queria a amizade dele, assim como queria a minha. Mas o Quinto não percebeu. Ela era doce e amável com todos, mas se sorrisse de uma piada que o Quinto fazia, ele ficava em êxtase. Ele estava apaixonado e acho que eu também.

As meninas perceberam que entre mim e o Quinto existia uma rivalidade e que nós estávamos tentando mostrar quem era o melhor. Isso realmente estava acontecendo. Eu queria mostrar para a Elisa que eu era bom. E comecei a ser um personagem quando estava com ela. Aos poucos a Elisa foi se afastando de mim, pois sempre que podia eu menosprezava o Quinto na frente dela, eu queria mostrar que era superior, mas estava sendo um babaca.

Com a indiferença de Elisa, eu me transformei numa pessoa totalmente diferente. Sempre estava bebendo, ia para a universidade e saía para um barzinho ao lado. Ficava com duas, três e fazia questão de contar para o grupinho sobre as minhas façanhas. A Elisa continuava indiferente e por mais loucas que fossem as minhas façanhas ela não esbanjava nenhuma reação. Por outro lado, ela estava mais próxima do Quinto.

Minha rotina era descer do ônibus e ir direto para o barzinho. Em uma dessas noites, uma das nossas amigas estava me esperando. Ela estava com raiva. Perguntei se queria beber alguma coisa e ela disse que esse era o problema- bebida. Falei que não me importava, que estava bem com a situação. Mas quando ela disse que a própria Elisa a tinha mandado conversar comigo, um fio de esperança se ascendeu dentro de mim... ela se importava comigo.

Tentei retomar o meu lugar no grupo. Aos poucos, percebi que havia afinidade entre o Quinto e a Elisa. Os dois se completavam. Sabe aqueles clichês que um termina a fala do outro? Era assim que eles estavam. Eram os melhores da classe, tinham as melhores notas. E eu? O que eu tinha? A fama de mulherengo, de bebum, de desocupado. Essa fama tinha se espalhado por todo o campus.

Parei de tentar chamar a atenção da Elisa e dei espaço ao grupo, ficava mais sozinho e sempre que podia visitava a biblioteca. Uma noite eu estava esperando o ônibus quando a Elisa se aproximou. Ela disse que eu não precisava ser outra pessoa, que gostava de mim do jeito que eu era e que a nossa amizade era muito importante. Disse isso e saiu rapidamente. Ela não compreendeu que eu não queria apenas amizade.

Na aula de Teoria da Literatura, o professor dividiu a turma em grupos. Elisa me chamou e novamente estávamos os cinco, era como se tudo tivesse voltado a ser como era antes. O professor entregou os temas e deixou as duas aulas para que os grupos se reunissem e trabalhassem. O Quinto deu a ideia de irmos para a residência dos meninos, pois lá teríamos silêncio. Todos concordaram e assim fomos. O Quinto tocava muito bem e a Elisa cantava. Os dois musicalizaram um poema e essa seria a introdução da apresentação. Como a garotada diz hoje, eles formavam um casalzão da porra.

Em um dado momento, o Quinto começou a tocar uma melodia diferente Because You Loved Me. Elisa cantando... eu não suportei e saí. Ela nem percebeu que eu saí. Paula ao ver a minha aflição, veio a minha procura. Contei tudo: minhas aflições, medos e amores. A conversa foi muito boa. Ao chegarmos, vimos o Quinto se declarando. Deus! Como aquilo foi chocante! Ele estava de joelhos falando sobre o quanto a amava e a Elisa... eu li os seus olhos. Eles relatavam espanto, ela estava envergonhada e com raiva de si mesma, pois o sentimento que o colega tinha não era recíproco. Saiu chorando. Correndo como uma louca sem rumo. As meninas ficaram consolando o Quinto e eu saí a procura dela.

No meu ombro ela chorou. No meu ombro desabafou e quanto mais falava sobre os seus sentimentos mais eu a amava pela sua simplicidade. Estava se odiando por ter despertado no Quinto algo que ela não poderia corresponder. O que ela queria era apenas amizade, não estava à procura de um amor. Eu compreendi naquele momento que se eu contasse o que sentia a perderia como o quinto a perdeu. O que ela queria era ter amigos com quem pudesse contar. E ali eu estava. O seu amigo inseparável. Guardei o meu amor no fundo do coração e a entreguei minha sincera amizade.

Os dias se passaram e tudo estava estranho, menos minha amizade com a Elisa, esta estava blindada e eu estava muito bem. O Quinto aos poucos retomou o seu lugar no grupo. Ele e a Elisa eram corteses, mas a afinidade que tinham deu lugar ao profissionalismo, já não conversavam sobre literatura, cinema e música como faziam antes. Tudo se resumia aos termos acadêmicos.

Os períodos foram se passando e nós estávamos muito bem. Viajávamos literalmente pelo mundo gótico, romântico e realista. Do belo ao grotesco sempre achávamos um elo e nossas conversas rendiam muitas discussões. Até que um dia depois de analisarmos *Pride and Prejudice* (Orgulho e Preconceito), romance da escritora britânica Jane Austen. Percebi que Elisa era muito parecida com Elizabeth, personagem principal- jovem bela, orgulhosa, de personalidade forte e que carrega dentro de si inquietações. Elisa odeia clichês. Ao estudar literatura com ela isso ficou claro para mim e por mais que ela fosse desajeitada às vezes, esse ideal de clichê da moça meio desajeitada, apressada para algum compromisso que esbarra num moço meio mal-humorado no meio da rua e derruba todas as suas coisas e eles dois se abaixam para recolher o que caiu no chão e seus olhares se encontram e, por um instante, é amor. Isso não funciona com a Elisa.

Na verdade, acho Elisa e Elizabeth muito intrigantes e tridimensionais. É quase impossível ler Orgulho e Preconceito sem sentir empatia ou se identificar com Elisabeth, é impossível conhecer Elisa e não ficar encantado com ela. Entendo porque Orgulho e Preconceito é o livro de romance que a Elisa mais gosta e a história de amor que ela mais ama, pois todos na ficção e na vida real podem ter segundas chances, todos podem errar e se arrepender e o mais sublime na visão da Elisa: ninguém é perfeito, nem mesmo o amor. Em Orgulho e Preconceito os personagens não vivem nos seus mundos e pronto em um passe de mágica se amam, não. Darcy e Elizabeth se colocam no lugar do outro e conseguem sair de seus mundinhos orgulhosos e preconceituosos e começam a ver os outros com novos olhos.

Foi nesse período que estudando literatura britânica paramos no auditório da universidade, a professora nos levou para assistirmos Orgulho e Preconceito e por mais que Elisa já tivesse assistido ao filme várias vezes, seus olhos brilhavam. Compramos pipoca e sentamos juntos. Sempre as mãos da Elisa estavam frias e como as meninas faziam, perguntei se podia esquentá-las. Elas estavam entre as minhas mãos, as mãos tão suaves de minha doce amiga, em um momento não me contive e as beijei. Pedi desculpas e a Elisa sorriu.

Eu estava destinado a mostrar a Elisa o meu amor e naquele momento passei o braço sobre seu pescoço, perguntei se podia e ela apenas consentiu com a cabeça. Ficamos ali, abraçados como um casal, as mãos dela sobre a minha e um borbulhar de emoções. De todos os romances que tive e de todas as meninas pelas quais já me apaixonei nada pôde ser comparado aquele sublime momento vindouro...

Naquele momento éramos um, um casal de apaixonados. Nada foi dito e não precisaríamos externar com palavras o que estávamos sentindo no momento. Nós nos olhamos, olhos fixos e flamejantes, nossos lábios ansiavam pelo toque, assim como o corpo precisa de sustento, assim como a terra precisa da chuva. O local em que estávamos não era adequado, mas não nos importou. Em nosso momento não tinha espaço para a malícia, era lindo! e nossos lábios... quase! quase se encontraram.

Ainda senti seu lábio inferior tocar o meu. Há que sensação! Só de pensar... sinto um borbulhar de emoções. Mas nosso momento, nosso lindo momento foi interrompido pelo mais triste episódio que pode acontecer na vida de um ser humano. Nossa amiga recebeu uma ligação. Os gritos eram de cortar o coração. Elisa saiu correndo... o filho de Paula sofreu um acidente e veio a óbito. Ela acompanhou a amiga, eu fiquei em desalento e transtornado com a dor que a nossa amiga estava sentindo- perder um filho na flor da adolescência.

Três dias se passaram sem eu ter notícias. Três longos dias sem saber o que o nosso momento de fato significou para ela. Para mim foi incomparável, palavras são insuficientes para descrever o que eu senti. Porém quando retornou estava fria, distante. Pediu que eu fosse o amigo de sempre e assim aceitei. Quando tentava algo a mais ela sempre se esquivava e assim durou até o término do curso. Dia da formatura, cada um para o seu lado. Ela estava acompanhada, eu também.

Nossas vidas tinham tomado outros rumos. E hoje... Cinco anos depois da formatura nos reencontramos. Aquele borbulhar de antes foi o mesmo. A encontrei no Ceará. Estava sozinha tomando um café enquanto as amigas faziam compras.

Ela estava tão diferente, mas o seu olhar ainda continua o mesmo.

Ao me ver, ela me abraçou da mesma forma que fazia quando nos encontrávamos na universidade. Por um instante parecia que tudo era como antes. Daí percebeu a aliança em meu dedo e me largou. Sentamos no banco onde ela estava e conversamos por um momento. Contei tudo. Que sempre fui apaixonado por ela, mesmo ela não acreditando em amor à primeira vista, mas tudo estava no escuro. Lembra?

Espantei-me quando ela disse que também tinha se apaixonado por mim e que no momento que decidiu dizer sim a nós, aconteceu o trágico acidente com o filho da amiga. Assim, ela deduziu que o destino havia dado um ultimato- nós não poderíamos ficar juntos. Fiquei desolado! como perdemos a oportunidade de vivermos um amor tão intenso? E se nós tivéssemos... antes que pudesse terminar o tópico frasal ela me interrompeu e disse com voz dura:
- Teríamos vivido o SE DE UM TALVEZ.

Levantou-se. Sem compaixão e sem se despedir. Deixou-me sozinho com o seu café que já estava frio, assim como fez há cinco anos atrás.

DEZ ANOS ENTRE MIM

Nilson Rutizat

Acordei cedo, não sei porque, já que é domingo e eu poderia dormir até mais tarde. Mas não sou eu quem decide isso, pelo visto. Estou ligada no automático, de tanto acordar às 5h40min da manhã para ir ao trabalho, meu corpo ficou programado. Pelo menos eu arrumo a casa, eu penso e me dirijo ao quarto de hóspedes, lugar onde conservo uma prateleira com alguns livros e o sonho de uma biblioteca. Decido começar a arrumação pelo quarto/biblioteca.

Sento-me próximo à prateleira e começo a tirar a poeira de alguns livros e cadernos antigos, pouco usados. Lembro-me de repente que não tomei café da manhã. Mas são só 5h40min da manhã, eu penso. E volto a esfolhear os livros. É sempre aquela prateleira o lugar onde mais demoro na arrumação.

E logo descubro porque demoro tanto ali. Ao invés de apenas limpar os livros, eu os folheio e leio todos os cadernos, principalmente os mais antigos. É como voltar no passado e conversar comigo mesma e sempre falo para a outra eu: - Nossa! Como você é boba, ainda vai aprender tanto até chegar em 2020.

Sim, nesse momento dez anos me separam da eu do passado com quem começo a conversar, agora quase 6h30min da manhã. O caderno que leio data de 2010, tempo em que eu tinha 17 anos. Tempo, começo a descobrir ao ler as primeiras páginas, em que eu estava vivendo um grande amor. Que contraste esses dez anos criou entre a eu de 2010 e a eu de 2020. Aquela jovem escreveu coisas tão lindas sobre o amor sem nem se dar conta de que dez anos depois estaria enfrentando uma dolorosa separação. Uma lágrima escorre pelo meu rosto e percebo que é hora de escovar os dentes.

No banheiro, diante do espelho, tento perceber em mim algum otimismo daquela menina de 2010 sobre o amor. Nada, não sobrou nada dela, apenas aquele caderno com anotações de suas ideias e concepções, que para mim pareciam absurdas. Eu vivi o que pensei ser o amor e o saldo disso foi a dor, a solidão e a percepção de que eu não sabia nada de amor, eu não sabia nada da vida.

E a culpa do meu sofrimento de hoje só pode ser dela, daquela desmiolada de 17 anos. Aquela moça que viveu em 2010 e escreveu sobre o que ela não conhecia. Amor é uma flecha que atravessa nosso peito, não uma rosa que perfuma nossos dias. Menina tola!

A raiva em mim crescia, mas ao mesmo tempo sentia curiosidade em conhecer mais a eu do passado. Volto ao quarto, e continuo a leitura do caderno. Uma folha completa com "EU TE AMO". Lembro-me do exato momento em que escrevi aquilo. Queria gritar para o mundo que estava amando.

"Não sei o que faço sem ele" estava escrito em outra folha. Não sabia, eu penso. Hoje sei: acordar na madrugada de domingo para arrumar a casa. Ri. De alguma forma parece engraçado eu responder a mim mesma. Continuo lendo: "Mandei perguntar por um amigo se poderia ir para festa, amanhã saberei a resposta". Foi aqui, eu pensei. Aqui eu comecei a deixar de ser eu mesma e passei a ser alguma coisa dele.

Como eu pude deixá-lo me controlar tanto? Ele dizia o que eu podia ou não fazer, e a culpa foi minha, só minha. Agora eu sei. Ou melhor, a culpa foi dela, eu não sou culpada, tanto que eu o deixei. Como eu pude ser tão permissiva e submissa? Pergunto-me a cada página que eu leio desse caderno.

"Mas ele foi à festa para me ver e aquela noite foi mágica. Passamos toda a noite de sábado juntinhos. Voltamos da festa abraçados no carro. E no domingo fomos tomar banho de açude e fiquei maravilhada ao vê-lo de cueca. Ele era lindo." Não tive como segurar a lágrima ao ler isso. Em minha mente, transporto-me para o exato momento em que isso aconteceu e lá encontro outro homem como eu, apaixonado. Ele não tinha nada desse homem que me deixou.

Levanto-me e corro até o guarda-roupa, abro a gaveta e procuro por um álbum de fotografias, pois eu havia fotografado tudo naquele dia. Ele estava mesmo lindo de cueca, seu sorriso radiava na foto. O almoço parecia gostoso e ele parecia ridículo segurando a coxa da galinha com a mão. E ficou surpreso quando soube que fui eu quem matou e preparou a galinha. "Está uma dona de casa" lembro-me que ele disse isso. Um álbum de fotos só dele. Por que eu guardava aquilo? Para me lembrar de mim mesma, eu pensei.

Hoje não me reconheço, mas ler aqueles diários e ver aquelas fotografias me faz perceber que eu preciso amadurecer. Porém, também preciso sonhar. Ele pode não estar mais comigo, mas a eu do passado não pode me deixar, ela é a única que realmente me entende.

MORTA VIVA

Daniele Pereira

Sinto a água sobre minha pele e a cada gota que toca o meu corpo é como se um carrasco violentamente me açoitasse e dói. É uma dor indescritível. Estou nua, isso é fato, não é apenas o meu corpo que está nu, minha alma perdeu o encanto, teve sua roupa arrancada. Não há ação mais sofredora do que ter uma alma nua vagando em uma casca. É assim que me sinto. Hoje sou uma casca, sou um sopro da mulher que fui um dia. Se acaso, tivesse inimigos jamais, jamais em sã consciência desejaria que eles sentissem na pele o que eu estou sentindo.

Perdi a noção do tempo. Não sei se estou no chuveiro há 5 ou há 20 minutos. Não tenho senso de direção. O rumo e os sonhos que eu tinha foram arrancados de mim. Sempre sonhei com a ideia de ter um lar, ou melhor, construir o meu próprio lar. Uma casa grande e várias crianças correndo e brincando- um lar cheio de amor. Dois meninos, Paulo e Mateus e a florzinha da casa, a Amara.

Este era o meu grande sonho: ser mãe, dona de casa que cuida do marido e dos filhos. De uma coisa eu tinha certeza no âmago do meu ser: seria a melhor mãe e dona de casa do mundo. Lembro de entrar no quarto e abrir meu tão cheiroso guarda-roupa. Nele, uma pequena caixa de papelão ornamentada guardava roupinhas de bebê, roupinhas do meu lindo bebê que nasceria em um futuro próximo. Deus! Que dor...

Na caixa estavam guardados um lindo casaquinho, camisas e calças, meinhas e uma linda manta pintada à mão ... tudo verde bebê. Afinal eu não sabia quem viria primeiro, a minha Amara ou meninos. Então, eu pensava em tudo e ansiava tê-los em meus braços. Minha vida estava toda planejada. Eu me certifiquei disso. Meu noivo, um homem de boa índole e trabalhador compartilhava do mesmo desejo- ter uma família, ser um bom pai e estava decidido a não ser igual àquele que lhe deu a vida, pois era um homem rude, grosseiro e muito violento. Ele sempre foi o meu guia. Minha base, meu sustento. Eu não tinha mais ninguém e só podia contar com ele.

Trabalhando duro conseguimos comprar nosso terreno, aos poucos fomos construindo nossa casa. Tudo com muito suor e em cada novo detalhe, visualizávamos nossa vida juntos. Tudo caminhava bem, eu era muito feliz. Ele me fazia sentir o que era ser amada, importante e valorizada. Na cama, satisfazer-me era o seu maior desejo e quando por um problema ou outro eu não estava disposta a fazer amor, ele me abraçava e dizia que tudo estava bem e ficávamos de conchinha até que eu pegasse no sono. Éramos apaixonados, sentíamos o amor. Com ele fui mulher. Ele foi o meu primeiro e esperava que fosse o meu único.

O meu dia mais feliz! Minha menstruação não veio. Nunca atrasou e eu sabia que estava grávida. Como tive certeza? Você pode se perguntar, eu conhecia o meu corpo. Pode parecer loucura, mas soube naquele momento que tinha vida em meu ventre. O meu amor chorou de emoção. Iria ser pai. O sexo do bebê não importava. Esperamos completar um mês e fiz o exame- REAGENTE!!! Não tínhamos muitos amigos, mas os que tínhamos eram verdadeiros. Fiz questão de ligar e festejamos a alegria do dom da vida. Eles estavam tão felizes. Todos estavam felizes e eu estava radiante.

Adorava me olhar no espelho. E sempre ouvia: Eita! Mulher "danada de boa" como dizia o homem que eu amava. Realmente, eu era uma mulher encantadora. Meus cabelos pretos e longos, tão lisos que em alguns momentos do dia, quando o sol cintilava ele ficava esverdeado, tão negro e sedoso era o meu cabelo. Meu amor adorava o cheiro dos meus cabelos.

Meu rosto oval destacava os meus lábios carnudos e os meus olhos negros, duas jabuticabas, eram vivos e cheios de alegria. Minha silhueta de mulata era o meu ponto alto, nem gorda e nem magra, era linda e me sentia assim. Era vaidosa, perfumes e maquiagens eram os meus fascínios. Minhas roupas sempre foram compostas, não porque o meu amor queria, e sim porque eu me sentia bem assim. Para sair vestia-me comportadamente e prendia os meus cabelos no alto da cabeça, mas para o meu noivo me vestia sensualmente. Ele me amava e desejava o meu corpo de uma forma tão intensa que me guardava dos olhares- tudo para ele. Eu me sentia plena. Eu era plena, feliz, realizada e acima de tudo amada.

Essa sou eu. Essa era eu antes do fim. Hoje considero que vivo o meu fim. Em outras palavras, não posso dizer que estou viva. Sou um zumbi. Alguém que já não sente o amor, a alegria. Sou como folha seca que não tem serventia e o vento carrega para onde bem quer. Sou o reflexo de uma mulher que outrora teve tudo e hoje não tem mais nada, nem ela mesma.

Não lembro quando. Nem sei qual é o dia da semana ou em que mês estamos. Não tenho forças de reviver a doce aurora da minha vida. A linha temporal para mim não tem serventia, há mil anos vivo assim ou há um dia? Estou presa. Acorrentada em um dia. O dia em que eu morri, o dia em que o céu fechou as portas para mim.

Acordei pontualmente às 6h com o cheiro de café envolvendo o meu quarto. Meu lindo esposo (já havíamos oficializado nossa união) tinha tomado o café da manhã. Iria trabalhar longe. Beijou-me com tanto esmero que me senti como uma santa. Ele disse que se ausentaria, mas seu coração estaria comigo. Fiquei a olhá-lo pela janela. Até que sumiu no horizonte. Resolvi voltar para a cama, afinal ainda era cedo e eu estaria sozinha por dias.

Não sei quanto tempo dormi, mas acordei com um homem no meu quarto. Um homem nu que estava excitado, se masturbando enquanto eu dormia. ESPANTO, MEDO, NOJO, REVOLTA! Um turbilhão de sentimentos se espalhou pelo corpo. EU GRITEIII e GRITEIIII. Ninguém veio a minha procura. Tentei levantar da cama e correr. Ele me pegou e me jogou de volta na cama. Foi nesse momento que aconteceu a luta mais difícil. Tentei golpeá-lo, lutei de todas as formas que alguém pode imaginar para me livrar da morte. Mas ele me "matou" e essa morte não tem volta, não tem escapatória. Essa morte é como uma tatuagem na alma que ninguém, ninguém no mundo consegue apagar. Esmoreci de cansaço, de fadiga e de medo.

Ele colocou uma pequena toalha em minha boca impedindo qualquer som, nessa altura eu já não tinha mais voz. Tirou a minha camisola e me deixou nua, despiu minha alma e ficou observando. Quanto mais me observava mais o seu membro ficava ereto. Minhas forças surgiam e eu tentava de toda forma escapar daquele torpe momento. Ele era meu vizinho. Uma mistura de horror se fez presente sobre mim e desmaiei...

Não sei por quanto tempo apaguei, ao acordar estava amarrada na cama. Ele não tinha me abusado sexualmente, não ainda. Eu só pensava no meu bebê, forças que eu pensava que nem existiam vieram à tona, mas eu não conseguia mais me soltar. Ele dizia em voz alta que eu seria dele, que o prazer que eu dava ao meu marido seria dele e que eu iria sofrer porque nunca tinha dado a atenção que ele merecia. Me xingava de todo tipo de palavrão.

A pior parte, foi quando ele pulou em mim e eu senti a sua respiração. A sua medíocre boca fotografava cada parte do meu corpo e eu me sentia suja, imunda e assim eu estava. Ele gritava e falava que eu iria sofrer por não ter dado a ele o que ele merecia. E nesse momento de insultos e palavrões, eu disse que estava gravida, nesse momento ele se encheu de ódio e me penetrou. E fez o que quis do meu corpo por várias e várias vezes. Eu já não era a mesma.

Enquanto ele me violentava eu ainda tinha um fio de esperança em mim, mas no momento em que ele começou a bater na minha barriga e me chutar... naquele momento eu morri. Senti que algo espesso e quente saía de mim e eu desmaiei. Acho que ele pensou que estava morta. E realmente ele estava certo. Eu morri! Morri naquele dia.

Quando acordei, ele já não se encontrava. Eu estava desamarrada e completamente suja- de sangue, de esperma. Passei a mão na minha barriga, um fio de terror se espalhou pela minha espinha. Meu filho estava morto. Chorei... chorei... não tinha voz. Com um esforço enorme levantei-me da cama. Nua e "morta" fui até o chuveiro e cada gota de água era uma dor imensurável. Tive um aborto, ali no chão do meu banheiro. Meu imundo corpo já não era digno de ter a vida do meu precioso bebê batendo em meu ventre.

Quanto tempo se passou? Não sei. Tocar meu corpo eu não consigo, olhar no espelho eu tentei, mas o que vi foi uma alma penada, um fantasma daquela que um dia fui. Beleza? Já não existe. Causa-me espanto olhar-me no espelho. Sinto nojo. Aquele cheiro se impregnou no meu corpo e por mais que eu tome banho não sai. Ainda sinto o peso do corpo dele sobre o meu e sua respiração ofegante e asquerosa sobre mim.

O meu corpo que era a sua única fonte de desejo tornou-se a minha ruina. Só me resta, amor, ter o último ato de misericórdia que alguém pode ter. Me perdoe. Nosso filho morreu e eu também já estou morta.

COM A BOCA MESMO

Nilson Rutizat

Nunca pensei que algum dia da minha vida eu iria ter coragem de contar essa história. Eu tinha 14 anos e vivia no interior e meu sonho, acredite ou não, era fazer sexo com uma mulher. Mas não era com qualquer mulher, eu era apaixonado por uma mulher recém separada do marido, ela tinha 26 anos e acabava de terminar um casamento de dois anos. Eu queria muito vê-la nua, sentir seu corpo no meu. E isso parecia impossível para mim.

Comecei a me aproximar dela, oferecer favores. Cuidava de seus animais, limpava os matos que cresciam em torno de sua casa, fazia todos os favores que ela me pedia. Isso durou uns seis meses. A cada favor, mais me aproximava dela. Ficava mais próximo de sua pele morena, seus seios fartos e de suas pernas lisas e grosas. Sempre que ela se aproximava de mim, eu me excitava, era incontrolável. Por vezes, tive pequenos orgasmos quando ela me abraçava.

Eu tinha apenas 14 anos, e os hormônios queimavam todo o meu corpo. Eu passava 20 horas por dia ereto, excitado até com o toque da minha calça na minha pele. Mas esse era o problema, eu tinha 14 anos e ela tinha muito medo de se envolver com um adolescente. Todos os homens a queriam, inclusive homens de posse, que podiam lhe oferecer uma vida de conforto. Ela parecia não querer ninguém. Não sei se isso se dava a sua recém experiência com o casamento. O marido lhe havia traído e ela o deixou por isso.

Augusta. Esse era o seu nome. Tinha cabelos lisos e longos, pretos como uma noite sem lua. Sua pele era morena, quase preta. E seus lábios carnudos e roxos como jabuticabas. Suas pernas eram grosas e rígidas. Seu bumbum afilado combinava com seus seios fartos e sua cintura fina. Não tinha na redondeza mulher com tamanha beleza. Por isso, não foi difícil para mim fixar sua imagem em minha mente e ao me masturbar fechava os olhos e a imaginava. Muitas vezes gozei imaginando seu corpo nu sobre mim.

Tantos meses faziam que eu me aproximava de Augusta com meus favores, que já se aproximava meu aniversário de 15 anos. Ela tinha por mim um enorme carinho, como ela mesma dizia a todos. Naquela tarde, fiquei de ir a sua casa quando voltasse da escola, para ajudá-la com o feijão da colheita, tinha de colocar as sacas de feijão sobe um tabuleiro de madeira. Ela não podia pagar para que fizessem esse trabalho e não tinha coragem de pedir esse favor a mais ninguém, tinha medo de ser mal interpretada. Prometi que iria.

Quando me dei conta já era quase 7 horas da noite. Ao sair da escola às 5 horas, fiquei jogando bola com uns amigos e acabei esquecendo que havia prometido a Augusta esse favor. Não ansiava mais ir a sua casa, estava perdendo a esperança de tê-la nua diante de mim. Mas não podia deixá-la na mão, eu tinha prometido e iria cumprir minha palavra. Fui à casa dela. Não era longe, uns cinco minutos a pé.

Bati na porta da frente, mas parecia não ter ninguém em casa. Imaginei que ela estivesse no silêncio de seu quarto a desfrutar com algum homem daqueles que a queriam. Resolvi então ir pelos fundos da casa para ver com quem ela estava. Aquele também era o momento de vê-la nua, pelo menos isso, já que não podia tê-la em meus braços. Pé a pé fui dando a volta na casa, a lua reinava no céu e a noite estava clara como o dia. Atrás da casa me assustei com a cena, Augusta estava pelada sentada em uma cadeira com a mão entre as pernas e a outra acariciando seus seios.

- Quem é? – ela perguntou quando me viu. Eu quis correr, mas ela ordenou que eu fosse até ela, então obedeci. Ela colocou minhas mãos sobre os seus seios, eu me tremia todo. Minhas pernas estavam bambas. Ela me beijou os lábios. Eu nunca havia ficado assim com uma mulher. Era virgem. Quando ela tocou meu membro, ele encolheu. Apesar do desejo que sentia por ela, não conseguia ficar ereto. Vi em seus olhos a decepção. E decidi fazer alguma coisa. Não pedi desculpa.

Beijei seus seios grandes e macios e apalpei sua bunda farta e firme. Então deixei minha língua descer por sua barriga e estacionei minha boca entre suas pernas. A maciez de sua vagina me deixou zonzo, deixei então que minha língua passeasse por entre suas pernas. Alguns minutos depois comecei a senti suas pernas tremerem e sua vagina se alagar em um líquido que despertava gemidos nela. Nesse momento, fiquei rígido, ereto, excitado. Quis penetrá-la, mas ela não permitiu que eu tirasse minha boca de entre suas pernas.

Senti o corpo dela se estremecer em minha boca e sem que me tocasse, senti em minhas pernas o meu gozo escorrer. Seu corpo agora não estava apenas em minha mente, mas no meu corpo. Na minha alma o seu toque e na minha boca o sabor do seu orgasmo. Essa foi a primeira vez que fiz sexo, foi o mais prazeroso orgasmo que senti. Ao terminarmos ela pediu que eu fosse embora, eu obedeci.

No dia seguinte, fui a sua casa no desejo de me sentir dentro dela, de ver jorrar seu orgasmo sobre mim enquanto mergulhava em seu corpo. Para minha decepção ela não estava, tinha viajado e só voltaria, de acordo com a vizinha, três dias depois. Mal pude esperar esses três dias. Quando soube que ela havia voltado fui a sua casa sem demora.

- Quem quer falar com ela? – o homem que me recebeu, perguntou. Disse meu nome e ele a chamou. Ela fingiu que nada tinha acontecido e disse ao homem que era o pagamento de um trabalho que eu tinha feito. O homem tirou 50 reais da carteira e me entregou dizendo que se eu quisesse trabalhar na propriedade tinha muito serviço. Só ao sair foi que percebi que se tratava do namorado, noivo dela. Eu não aceitei o trabalho, o ciúme não me permitiu. Então percebi que fui para ela apenas um momento de fraqueza.

INVISÍVEL EM MEIO À MULTIDÃO

Daniele Pereira

Ela estava lá, parada e imóvel... apenas respirando. Não por vontade própria. Tinha nascido assim. Essa é sua condição de vida e estava tudo bem. Até que ela se viu naquela situação. Não estava presa e poderia sair se assim desejasse, mas ela aprendeu a gostar deles.

Esse era o problema. Mesmo podendo sair, ela ali ficava imóvel, apenas vendo com seus olhos as coisas que aconteciam e eram muitas: alegrias, tristezas e falsidades. Sim, falsidade. O ser humano é muito contraditório: Quando diz que odeia mentira é apenas que não gosta que mintam para ele, quando fala mal de alguma pessoa é porque tem vontade de ser igual. Não é uma verdade absoluta que se aplica, apenas uma visão, a visão dela.

Ali sem ser notada era tão invisível que chegou a questionar sua própria existência. Tão forte era a sensação que ela passou a apenas observar. A tudo via, e de tudo sabia. Mesmo que ela se sentisse insignificante e por mais que todos a achassem sem graça tinha o seu valor, pois contribui para a manutenção do equilíbrio ecológico. De fato, isso é inegável, de tanto ser tratada como se fosse insignificante passou a sentir-se como tal.

Certo dia, estava parada e imóvel como sempre, quando ouviu dois amigos falarem mal do outro que tinha saído. Ouviu também quando uma se sentiu ameaçada por dois colegas que tinham personalidade forte, ouviu o choro de uma quando foi desrespeitada por seus superiores. Ouvia repetida vezes um que não parava de falar, suas percepções ficavam malucas quando ele falava, sua voz a incomodava, mas ela não era um alguém, não era como eles e sabia disso, era uma raça inferior. Muito inferior e por mais que tentasse ela não conseguia se ver como importante, com isso se conformou.

Ela passou a gostar deles, pois sempre percebia quando estavam aflitos, com raiva, afinal raiva era sempre algo constante. Às vezes eles tinham raiva porque quando as coisas davam erradas a culpa era deles, e na maior parte ela sabia de verdade de quem era a culpa, e quando acertavam erravam em algo maior. Ela ficava com raiva por eles, mas não deles. Naquela altura do campeonato ela era triste, não se lembrava se foi feliz algum dia, se teve família? Não lembra.

Durante o dia ela estava com eles, sem ser notada. A noite outras pessoas ocupavam aquele local e mais uma vez ela passava despercebida. Nunca estava sozinha, afinal o que era ser sozinha para ela? Algo normal. Ela se sentia sozinha e queria estar só. Sentir-se sozinha em meio a uma multidão doía e ela não queria mais aquilo, mas nada podia fazer, ela não era notada. Quando não estava com eles se perguntava inconscientemente: com eles ou sem eles? Sem perceber ela tinha se tornado dependente. A vida dela se resumia a observá-los.

Os dias se passaram e ela se sentia como parte integrante daquele lugar- como um enfeite quebrado que ninguém queria, que ninguém percebia, pois além de se sentir insignificante não era notada. Isso a machucava no íntimo do seu ser. Será? não sei ao certo, mas ela deixava isso muito claro.

Certo dia, estavam na hora do almoço quando de repente ela notou que estava sendo observada. ELA ESTAVA SENDO OBSERVADA. Pensou ter tido um devaneio, pois ficou zonza... Tentou organizar a sua visão, os seus seis olhos não erravam, dois olhos humanos estavam fixos em sua direção. Ela ficou constrangida com aquele olhar. E se sentiu nua.

Como? Não sei. Ela não usa roupas, mas aquele olhar a 'penetrou'.

A insignificante passou a ser o centro das atenções, pois não eram apenas dois olhos que estavam fixados nela, eram quatro... eram seis. Os seus seis olhos acompanhavam os seis olhos deles. Ela era notada. Seria isso felicidade? Questionou. Aos poucos os quatro olhos perderam o foco e apenas dois continuaram a olhá-la.

A dona desse olhar continuou fixamente a observá-la. Várias perguntas vieram à tona. Há quanto tempo esse ser tão pequeno está entre nós? O que sabe? Por que não vai embora? A partir daquele momento a humana passou a se sentir como aquele ser. Se queres, leitor, dizer que é empatia, fique à vontade. Eu não, não digo que a humana estava sentindo o que aquela pobre criatura passou em toda a sua existência, ela não conseguiria imaginar.

Mas a humana começou a refletir um pouco sobre sua condição e a condição da aranha que era observada. Pobre, sozinha... dois seres criados na imensidão do universo. Dois seres tão diferentes e peculiares. Foi nesse momento de contrastes que ela aos poucos começou a notar semelhanças...

Eram seres que habitavam o mesmo universo, respiravam o mesmo ar. A aranha não tem esqueleto como ela, mas tem carapaça externa, composta por uma substância chamada quitina que serve para evitar a perda de água. O corpo humano é composto entre 70 e 75% de água. Visão, tato, olfato e paladar parecidos. Seres humanos conseguem viver em lugares variados, pois se adequam a eles, as aranhas também.

As aranhas utilizam um sistema sensorial muito desenvolvido composto por órgãos sensíveis a estímulos químicos e estímulos físicos (principalmente vibrações) já o ser humano tem a inteligência e quando a usa com sabedoria vai longe. As aranhas em sua maioria têm veneno, a maior parte dos seres humanos também. A aranha usa o veneno para sobreviver, capturar a presa e se alimentar...

Nesse momento ela percebeu o quão venenoso é o homem que usa seu veneno (língua) para difamar e propagar coisas que não são verdadeiras. Usa o veneno (ganância) para conseguir tudo o que quer e em muitos casos, passam por cima dos mais fracos. Continuou a pensar e percebeu que era melhor parar.

Sentiu que é necessário aprender a lidar com os excessos em nossa vida, não por meio do medo, e sim da consciência de que nosso "veneno" não fará bem a nós mesmos nem aos outros. Percebeu que deve buscar o equilíbrio entre desejos e ações.

Quanto a aranha, ficou claro para ela que era importante e tinha valor. Sentiu o desejo de crescer, conhecer novos lugares, novas pessoas e atuar observando outros que assim como nós em muitas vezes nos perdemos em nossas escolhas e ações.

DANIELE PEREIRA

Daniele Pereira dos santos, nasceu em Sousa- Paraíba em 23 de julho de 1990 e cresceu em São José da Lagoa Tapada, onde ainda mora com a família. É professora de Língua Portuguesa e Literatura da rede estadual da Paraíba desde 2015, ano no qual se formou em Letras com habilitação em Língua Portuguesa e Língua Inglesa pela Universidade Federal de Campina Grande (UFCG). Sempre foi apaixonada por livros: narrativas realistas e ficcionais, seu amor pela escrita surgiu logo cedo, e foi em contato com as obras de Mary Shelley, escritora inglesa e Bram Stoker, irlandês que ela viu aflorar seu gosto pela literatura de terror.

NILSON RUTIZAT

Maranhense, nascido na cidade de Arame em 01 de novembro de 1989, Nilson de Sousa Rutizat sempre foi apaixonado por literatura. Formou-se em Letras com habilitação em língua portuguesa em 2017, pelo Instituto Federal de Educação, Ciência e Tecnologia da Paraíba e é professor de língua portuguesa na rede estadual da Paraíba, atua na educação básica, ensino médio. Não se considera um escritor, mas gosta muito de escrever e contar histórias, motivo desse livro.